# D. L. MONREAL

# ZWÖLF WELLEN DER LEIDENSCHAFT

novum pro

Dieses Buch ist auch als
e-book
erhältlich.

w w w . n o v u m v e r l a g . c o m

Bibliografische Information
der Deutschen Nationalbibliothek:

Die Deutsche Nationalbibliothek
verzeichnet diese Publikation in
der Deutschen Nationalbibliografie.
Detaillierte bibliografische Daten
sind im Internet über
http://www.d-nb.de abrufbar.

Gedruckt in der Europäischen Union
auf umweltfreundlichem, chlor- und
säurefrei gebleichtem Papier.

© 2023 novum Verlag

ISBN 978-3-99146-381-8
Lektorat: DK
Umschlagfoto:
Evgeny Ustyuzhanin I Dreamstime.com
Umschlaggestaltung, Layout & Satz:
novum Verlag

**www.novumverlag.com**

**Climate neutral**
Print product
ClimatePartner.com/16547-2201-1002

# Inhaltsverzeichnis

## Vorwort

Einem Engel gewidmet.

»Ein Nein **ist** ein Nein!«

## 1

## Der Professor und seine Studentin

Nina lacht, steht mit ihren Freundinnen im Innenhof der Universität und rückt ihre über die Schulter gehängte Tasche zurecht. Langsam und unaufhörlich quatschend bewegen sich die Mädchen in Richtung der Eingangshalle mit dem großen Treppenhaus.

Die meisten Studenten haben sich bereits nach drinnen begeben und es dauert nur noch wenige Minuten bis zum Beginn der Lektion im Auditorium, doch Nina fühlt sich an diesem warmen Sommermorgen einfach gut und lässt sich deshalb nicht zur Eile drängen.

Sie geht gemächlich die Stufen auf der Treppe hoch und begibt sich in den Hörsaal, die Gruppe teilt sich etwas auf, die Plätze werden bezogen und Nina setzt sich mit ihrer besten Freundin in die erste Reihe. Sie lächelt, denn vorne am Dozentenschreibtisch sitzt er: der Professor.

Das Semester hat vor einigen Wochen begonnen und Nina belegt ein neues, zusätzliches Fach, um in seinem Kurs zu sein. Während sie einige Unterlagen und Stifte vor sich auf die kleine Schreibfläche legt, lässt ihr Blick nicht einen Moment von ihm ab, hört sie nicht auf zu lächeln und bemerkt nicht einmal, dass ihre Freundin redet.

Er trägt eine für sein Alter moderne Hose, ein passendes Shirt und ein sportliches Sakko, dazu bequeme Sneakers. Nicht dass er herausgestochen wäre mit seinem Stil, aber sie findet, dass er sich sehr gepflegt und gut kleidet, immer. Sie selbst trägt ein knappes Top mit einem einladenden Ausschnitt, ein kurzes Röckchen, beides je in einer Pastellfarbe, und dazu weiße, offene High Heels.

»Hörst du zu?«, fährt ihre Freundin sie lachend an und kneift Nina in die Seite. »Lass das, ey«, Nina lacht zurück, ordnet nochmals ihre Sachen und sagt mit einer Selbstverständlichkeit: »Natürlich höre ich zu.«

»So? Und was habe ich dich gerade gefragt? Aha, siehst du? Da haben wir es, sag mal ...« Doch die Unterhaltung wird unterbrochen, als der Professor sich erhebt und die Stunde beginnt.

Immer wieder schmachtet Nina ihn von ihrem Platz in der ersten Reihe aus an, wenn sie denkt, er sähe sie gerade etwas länger an. Mit ihrem hübschen Lächeln, mal mit einem Finger im Haar spielend und mal einen Fuß langsam am andern Bein hochstreichelnd. Aber er fährt fort, als ob er nichts von dem gesehen hätte oder es nicht beachten wollte.

Gegen Ende der Stunde ist Nina fest entschlossen: Er MUSS sie beachten, sie bemerken! Also räuspert sie sich etwas lauter als nötig, und als er zu ihr herüberschaut, während er weiterspricht, öffnet sie langsam ihre Beine ... noch etwas mehr ... mit der Hand auf dem Oberschenkel hebt sie ihr kurzes Röckchen an und ... lächelt ihrem Professor dazu süß ins Gesicht. Er stockt ... Er hat doch gerade etwas gestockt, oder? Ihr Herz pocht, während sie tief einatmet, als er sich abwendet und seinen Vortrag fortsetzt.

Erneut zuckt Nina zusammen, als sie von ihrer Freundin in die Seite gekniffen wird und diese sie leise anpfeift und lachend, mit geschockt offenem Mund anschaut. Sofort drehen sich beide kichernd um. Verlegen flüstert Nina ihrer Freundin zu: »Was?« Sie errötet leicht. »Hast du ...? Du hast nicht gerade ... deine Beine ... Du Luder!« fragt ihre Freundin zurück und kichert ebenfalls. »Na und?«, versucht Nina locker zu antworten und fügt hinzu: »Hat er geguckt? Ich war mir nicht sicher ... Also, eigentlich schon, aber ... er hat nicht reagiert.«

Ihre Freundin presst die Lippen zusammen und wird selbst etwas rot, muss dabei ein lautes Lachen unterdrücken, bis sie dann endlich antworten kann: »Und wie er geguckt hat ... Ey, warte, du ...« Und in dem Moment hebt ihre Freundin die Hand, streckt ihren Finger und wird vom Professor aufgerufen. Ihr generell formuliertes Anliegen beantwortet der Professor dann mit den Worten »Darf ich Sie beide bitten, sich nach der Stunde mit dieser Frage bei mir zu melden? Wir sind schon beinahe durch und ich möchte damit nicht alle anderen aufhalten.« Den etwas altklugen Ton in seiner Stimme nehmen die beiden Freundinnen gar nicht wahr, sondern tauschen gegenseitig Blicke aus. Es gelingt Nina nicht, ihre Freundin böse oder genervt anzuschauen, also wendet sie sich lächelnd und kopfschüttelnd ab und nach vorn.

Die Vorlesung geht dann auch schon zu Ende, die meisten Studenten haben ihre Sachen bereits gepackt und verlassen den Hörsaal zügig. Als Nina noch gemütlich die letzten Dinge zusammenrafft, bemerkt sie, wie ihre Freundin sie frech anlacht und sich ebenfalls in Richtung Tür bewegt. »Sehen uns draußen ...«, flötet sie mit einem Grinsen und lässt Nina nicht mehr darauf antworten. Diese greift zur Tasche, schaut zum Professor und fühlt, wie ihr innerlich warm wird. Sie ist nervös und er ist am Telefon, läuft um seinen Schreibtisch herum, schaut zu ihr und winkt sie her, als er sich setzt. Also hat er die kürzliche Frage nicht vergessen, logisch nicht.

Er setzt sich hin, während Nina nochmals ihr Haar hinters Ohr streicht und mit über die Schulter gehängter Tasche von der ersten Reihe her zu seinem Schreibtisch läuft.

»Ja klar ... Aha? Nun gut ... Darum kümmere ich mich ... Sicher ...«, hört sie seine Stimme, während er auf dem Stuhl sitzt, zurückgelehnt, und sie sich mit dem Po an die Schreibtischkante lehnt, seitlich neben und etwas vor ihm. Ihre Tasche lässt sie über die Schulter heruntergleiten und stellt sie neben dem Pult ab, während sie sich erneut das Haar hinters Ohr streicht, als sie zu ihm hochblickt ... und er sie ebenfalls anschaut. Einen Moment kriegt sie weiche Knie, während sie nicht darauf achtet, was er sagt, aber sie bemerkt, wie er sie betrachtet. Ihre Hände auf jeder Seite neben sich auf die Kante gestützt, versucht sie, gleichgültig zur Seite zu blicken, um nicht seine Blicke aushalten zu müssen, während sich die Knie noch weicher anfühlen und es bei ihr kribbelt.

Sie hat sich den Moment mehrmals vorgestellt, wenn sie mit ihrem Professor allein sein würde. Sie war so überzeugt, dass sie verführerisch und cool sein würde, doch es fühlt sich gerade nicht so an. Aber sie kann auf keinen Fall jetzt einfach gehen und will das auch nicht. Sie bemerkt selbst gar nicht, wie sie leicht wippend ihre Knie und Schenkel zusammendrückt, erst als sie seine Hand spürt, wie er sie zwischen ihre Beine schiebt. »Ah«, entfährt ihr ein leises Stöhnen und ihr Blick ist auf ihn gerichtet ... Auf sein Gesicht, wie er sie ansieht, und dann auf seine Hand, die langsam zwischen ihren zittrigen Schenkeln hochgleitet, fordernd, schön ... Oooh! Nina schließt ihre Augen, sie hört seine Stimme, aber kann nichts verstehen, hört nur ihren Klang und spürt, wie eine wohlige Wärme in ihr aufsteigt und sich verbindet mit dem hämmernden Herzschlag bis zum Hals, der ihr die Kehle zuzuschnüren scheint. Langsam löst sich der sanfte Druck ihrer Schenkel, als die Hand ihres Professors fordernd zwischen ihre Beine drängt. Ihre Finger noch immer um die Tischkante gekrallt, schiebt Nina das Becken sachte vor, zuckt und weicht zurück, dann nicht mehr, denn sie will die Berührung spüren, wie seine Fingerspitzen unter ihr Röckchen gleiten und zärtlich ihre sensiblen, feuchten Schamlippen berühren, da sie an diesem Tag kein Höschen trägt. Mit stockendem Atem hebt sie ihren Blick, bis sich ihre Augen treffen.

Er hat den Anruf gerade beendet und ist auf dem Stuhl etwas näher herangerückt. Er blickt sie ernst, aber ruhig an und irgendwie erleichtert sie das. So sehr, dass sie sich ein zaghaftes Lächeln abringt, begleitet von einem leisen Stöhnen. Ihr entfährt ein süßer Schrei, als er seine Finger langsam, aber bestimmt in ihre warme, feuchte Muschi hineinstößt. Sofort packt ihre Hand seinen Arm, ohne diesen wegzudrängen. Beide atmen schneller, er stöhnt nun leise, fingert sie genüsslich und sie schauen sich diesen langen Moment tief in die Augen.

O Mann, schau mich nicht so an ... DOCH! Schau mich an, schau mich endlich an ... Nach diesen endlosen Wochen, in denen ich mich nach dir gesehnt habe ... Das geht ihr durch den Kopf, und dass er genau weiß, was er macht, was er will. Ihr

Lächeln wird immer sicherer und breiter, ihr Becken geht mit, drängt sich gegen seine Hand, während ihre seinen Arm streichelt, mehr als sie festhalten würde.

Dann erhebt er sich langsam, zieht dabei seine Hand aus ihrer feuchten Ritze und stellt sich vor sie hin. Ihr Herz rast vor Verlangen. Was jetzt? Sie sieht zu ihm hoch, und wie er an seiner Hand riecht, ohne seine Augen von den ihren zu nehmen, und er stöhnend knurrt, wie ein Bär, der an den Honigtopf will. Mhmm, sofort bekommt Nina Gänsehaut, ein wohliges Gefühl und wieder strömen heiße Schauer durch ihren Körper.

Seine starken Hände packen ihre Hüften, er schiebt sie auf die Tischplatte, steht zwischen ihren Beinen. Eine Hand gleitet von ihrer Hüfte hoch an ihre Brüste, fasst sie an, schiebt das Top hoch, während sie ein Bein um seine Taille legt und sie sich hinter ihrem Po mit beiden Händen abstützt, er ihren Busen streichelt und weiterknurrt, ohne bisher ein Wort zu ihr gesagt zu haben. Mit der anderen Hand fasst er an sich runter, öffnet seine Hose und nach einem prüfenden Blick zur Eingangstür, dass auch ja niemand da stehen würde, holt er seinen großen, prallen Penis heraus.

Oooh jaaa … nimm mich, geht es ihr durch den Kopf, während sie diesen mit einem verführerischen Stöhnen in den Nacken legt und sich mit dem Fuß hinter seinem Po einhakt … Aaaah … Ihre Lenden zucken, als sie die pralle Eichel an ihren sensiblen Schamlippen spürt … Mhmm … Er fährt sein Glied langsam an ihrer Scheide auf und ab, drückt die Eichel immer etwas fester dagegen und spreizt ihre zarten Schamlippen sanft auseinander. »Mhmm … O mein Gott«, sie stöhnt lauter, ihre Lenden fangen Feuer und wollen ihn endlich in sich spüren, als er zurückzieht, sie an der Hüfte packt und etwas rüde herumwirbelt, sodass sie nach vorn auf den Schreibtisch knallt.

Auf die Ellenbogen gestützt, leicht die Beine gespreizt und in den Knien, die Füße in den sexy High Heels nach außen gedreht, leicht auf den Zehenspitzen stehend, packt er ihren Po von hinten und schiebt ihr das Röckchen hoch. »Oooh jaaa …«, entfährt es ihr, worauf sie sich sofort auf die Unterlippe beißt. Klatschend fährt seine Hand auf ihren weichen, runden Hintern ... und nochmals ... Sie hält sich vorne an der gegenüberliegenden Tischkante fest und ihre Füße geben seitlich nach, als er ihre Beine von hinten mit seinem Knie auseinanderdrängt. Sie liegt keuchend und schwer atmend, das Gesicht zur Seite gelegt auf der Schreibtischplatte, und schließt die Augen mit einem Lächeln, das sofort erstarrt, als er ihr seinen großen, harten Schwanz nach kurzem Anstupsen ohne Schutz direkt hineinrammt. Sie erzittert, kriegt keinen Ton heraus und spürt den prallen, pulsierenden Penis tief in sich drin. Es fühlt sich an, als würde heiße Lava durch ihre Adern strömen und sie in Wallung bringen. Als es aus ihr herausbricht und sie endlich stöhnt vor Lust, zieht er ihn wieder heraus. Ihre feuchten Schamlippen lutschen ihn, bis er ihn weit genug draußen hat, um ihn sofort wieder tief in ihre heiße Vagina hineinzustoßen ... Rein und raus, wieder und wieder, schneller, härter ... Mhmm ... Sie streckt ihren Rücken durch und den Po hoch, während sie spürt, wie bei jedem Stoß ihre Oberschenkel gegen die Tischkante gedrückt werden und er tief in sie eindringt und ihre nasse Grotte ausfüllt.

Seine Finger sind tief in ihre weichen Pobacken gekrallt, während er zustößt und ab und an ihren Arsch klatscht, bis dieser sich leicht rötet. Nina stöhnt vor Lust und Erregung, dass er es ihr heute endlich besorgt. Seine Hand gleitet vom Hintern hoch über den Rücken ... mhmm ... bis zum Nacken, packt ihr Haar und zerrt den Kopf zurück. Nina entfährt ein weiterer leiser, aber erregter Schrei, während ihr Becken etwas härter erzittert und ihre Muschi jeden Augenblick zu explodieren scheint. »Jaaa ... jaaa ... jaaa ... Oooh jaaa«, stöhnt sie, um ihm zu zeigen, wie sehr sie es genießt. Seine pure Lust ist offensichtlich, da sein Schwanz in ihr kaum härter hätte sein können vor Erregung.

Ihr Gesicht wieder auf die Schreibtischplatte gedrückt von seiner Hand, die andere oben auf ihren Po gelegt, gleich unter dem Rücken, stößt er immer härter und schneller zu und Nina stöhnt genüsslich und süß bei jedem tiefen harten Rumms, schaut zur Türe, genießt die gefährliche Situation mit ihrem Professor, obwohl auch jederzeit jemand durch die Türe kommen könnte … Mhmm … Das macht sie nur noch feuchter und sie drängt ihren süßen weichen Hintern noch etwas fester gegen ihn, beginnt mit ihren Muschiwänden sein heißes, hartes Glied zu spüren und zu lutschen.

Sie liebt es, wie er sie nimmt, ohne Worte, ohne dass sie ihn hätte weiter verführen müssen, als einfach am Lehrerpult zu stehen, so sehr wirkte sie auf ihn? Das gefällt ihr gerade und dass er mit jedem harten Stoß ihre Erwartungen noch tiefer erfüllt, die sie wochenlang in seine Vorlesungen getragen hat.

Sie lächelt, weil sie genau spürt, wie sehr es ihn erregt, sie so vor sich zu sehen, auf die Tischplatte gelegt, ihren süßen Po vor sich, ihr unschuldiges erregtes Stöhnen, weil er sie so nimmt. Das war es, was sie schon lange von ihm wollte, mit ihm erleben wollte … und nun genießt sie es in vollen Zügen.

Bis er zuckend und stöhnend tief in sie hineinstößt, seinen fetten, harten Schwanz bis zum Anschlag in ihr drin, sie krallt sich nochmals fest an der Tischkante und erzittert am ganzen Leib. Dieses Gefühl, wenn sich ihr ganzer Körper in eine fließende, heiße Masse verwandelt, die sich nur um ein Zentrum von Lust und heißem Feuer dreht, sodass sie schwitzt und zittert, nur diese einzige Wahrnehmung nach endlosem Verlangen, und mit einem heiseren Stöhnen kommt Nina gegen seine Lenden und … spürt sofort, dass er in diesem Moment in ihr abspritzt. »Aaaah!« Beide stöhnen gleichzeitig auf, kurz, atemlos und bewegen ihre Becken gegeneinander, den sämigen, klebrigen Saft der beiden durchmischt zwischen ihnen. Bis er langsam von ihr lässt und sie auf der Tischplatte entspannt und lächelnd einen befriedigten Seufzer ausstößt, während er sich hinter ihr die Hose schließt, etwas nervös zu ihr blickt, dann zur Tür … und wieder zu ihr.

Nina dreht sich jetzt um und richtet sich auf. Sie lächelt ihn an und rückt ihre Kleidung rasch etwas zurecht.

Er stottert leise: »Also, das … eigentlich … Ich … Das war gut.« Er lächelt, schaut wieder ernst und etwas nervös, doch sie unterbricht ihn, streichelt seine Wange und sagt: »Sie sind mein absoluter Lieblingsprofessor, Sie geben einfach die besten … Vorlesungen«, wobei sie ihm verführerisch zuzwinkert, und während sie nach ihrer Tasche greift und sich dann umdreht und geht, fügt sie noch hinzu: »Ich hoffe, ich konnte mich empfehlen, Herr Professor? Gerne wieder ... War mir ein Vergnügen.« Mit einem letzten Blick und selbstsicherem Lächeln verlässt sie den Hörsaal durch die Türe.

## 2

## Sommergewitter

An die Wand gelehnt, schaut Luca unter dem Vordach des Boots-hauses hervor. Es ist ein schwüler, heißer Sommertag und Luca war zuvor auf dem Wasser, bis es zu regnen begann und sich das stürmische Gewitter ausbreitete. Längst ist die Ba-deanstalt neben dem Bootshaus verlassen und alle Badegäs-te sind vor dem Unwetter geflüchtet. Luca lächelt und schrei-tet dann im strömenden Regen los, denn nass ist er sowieso schon längst und es ist noch immer sehr warm. Er läuft am Zaun entlang in Richtung großer Parkplatz, wo er sein Auto stehen hat. Der Asphalt der Seitenstraße dampft und pras-selnder Regen peitscht darauf herab, sodass er überlegt, ob er selbst jemals schon einen Regen erlebt hatte, der sich in solch schweren, großen Tropfen ergoss.

Etwas in Gedanken versunken, zuckt Luca plötzlich zusam-men, als ein kleiner Hund kläffend aus dem Weg hervorspringt, der seitlich hinter der Hecke an dem Bach entlangführt. Der Hund trägt eine Leine, das erkennt Luca sofort, ist eigentlich viel zu klein für sein lautes, etwas nerviges Bellen und zieht ei-nen knallig orangen Regenschirm hinter sich her, dessen Spit-ze Luca über die Hecke ragen sehen kann. Einen Moment spä-ter gelangt der Schirm an der Leine zum Ende der Hecke und noch immer kläfft der Hund vor ihm. Am Ende der Leine steht die Hundehalterin und endlich ruft sie ihren Hund auf, ruhig zu sein. Erfreulicherweise hört er auf sie und ihre ruhige, ge-lassene Stimme.

»Sorry«, sagt Anna, ohne ihren stoischen Gesichtsausdruck groß zu verändern, und als einen Moment lang weder etwas pas-siert noch jemand etwas sagt, fährt sie fort: »Du kannst jetzt weitergehen, die Gefahr ist gebannt, ich halte die Bestie fest.«

Luca grinst ob dieser Schlagfertigkeit und er gibt zurück: »Vielleicht ziehst du ihn an der Leine etwas zu dir, damit ich nicht aus Versehen drauftrete.«

Doch bei Anna regt sich nicht der geringste Gesichtszug, nur eine Antwort hat sie auch dafür sofort bereit: »Ich sehe, du bist von meinem Anblick so dermaßen gefesselt, dass du über meinen Hund stolpern oder gegen den nächsten Baum laufen würdest.«

Luca schaut sie gebannt und begeistert an, als er entgegnet: »Genauso ist es.«

Er beißt sich leicht auf die Lippe, weil er unbedingt etwas Geistreicheres antworten will. »Und wenn du mich nicht zu meinem Auto begleitest, würde ich dir nachsehen müssen und nicht von der Stelle kommen ... und würde dabei total nass werden.«

Anna zieht eine Augenbraue hoch, nachdem er seine Argumentation vorgebracht hat, und antwortet trocken: »Du BIST nass!«

Sie läuft auf ihr Hündchen zu, lässt dabei die automatische Leine per Knopf auf Kurz zurren und fährt fort: »Ich kann dich begleiten, bis zum Auto, nicht dass du dich noch verirrst oder wirklich wogegen läufst ... Wollen wir? Magst du unter den Schirm kommen?«

Luca überlegt kurz; ist sie so wunderschön, weil sie eine Außerirdische ist? So wie sie spricht, könnte das hinkommen. »Danke, wie du richtig festgestellt hast, bin ich schon nass und da ändert der Schirm nichts daran, aber danke«, wiederholt er.

»Nun gut, ich habe es dir nur angeboten.«

Luca läuft neben Anna her und beide begutachten sich immer mal wieder seitlich. »Magst du es, im Regen spazieren zu gehen?«, fragt Luca. »Speedy muss täglich raus, einen Hund interessiert es eigentlich wenig, was für Wetter draußen ist, wenn es nicht zu kalt oder zu heiß ist.« Luca nickt und gibt seine Sichtweise preis: »Also ich finde es herrlich; es ist warm, man ist in kurzer Zeit bis auf die Haut durchnässt und es kann nicht schlimmer werden ... Das ist ein prickelndes Gefühl.« Er grinst zu Anna hinüber und streicht sich das durchnässte Haar aus der Stirn. »Es schaut nicht gerade so aus, als ob es sich gut anfühlt, in so dermaßen durchnässten Kleidern zu stecken«, bemerkt sie. »Soll ich sie etwa gleich hier ausziehen?«, fragt Luca schelmisch, worauf Anna beide Augenbrauen hochzieht und antwortet: »Du machst, was du für richtig hältst. Ich bin nicht deine Mutter, dass du mich fragen müsstest.«

»Oh, ja, meine Mutter, gut dass du sie erwähnst, denn ich sollte mich mal wieder bei ihr melden.«

»Ja, vielleicht hat SIE ja Lust, im Regen ohne Schirm spazieren zu gehen.«

Jetzt lachen beide und Luca fragt: »Wie heißt du? Also mein Name ist Luca.«

»Hallo, Luca, ich bin die Anna.«

»Freut mich, Anna, und hallo, Speedy! Hast du gut gemacht, mich vorhin anzubellen ...«, sagt Luca etwas leiser, als ob der letzte Teil zwischen ihm und Speedy geheim bleiben sollte.

»Anna, du solltest es einmal versuchen, gerade heute bei dieser Hitze, es fühlt sich so wundervoll an. Bist du noch nie aus einer verrückten Idee heraus mit Kleidern in einen See gesprungen?« Anna prustet ein Lachen hervor und antwortet: »Nein, das bin ich tatsächlich noch nicht, ist noch auf meiner To-do-Liste.«

»Gib mir den Schirm, es ist der Moment, sich endlich zu trauen, mal etwas total Verrücktes zu tun, Anna ...«, versucht Luca sie zu motivieren, während er seitwärts geht und seine Arme ausbreitet, als ob er gerade das Evangelium verkündet hätte. »Ich fühle mich schon so, als ob ich etwas total Verrücktes tue, indem ich dich zum Auto begleite, Luca«, sagt Anna und wieder lachen beide.

Sie biegen auf den Parkplatz ein; ein riesiger Platz, umrahmt und durchzogen von vielen Baumreihen, wohl als Schattenspender an sonnigen Tagen. Hinter den Baumreihen am Rande ragen große Mietshäuser empor, die man im starken Regen aber kaum sehen kann. »Da sind wir: dein Auto«, sagt Anna, als sie über den komplett leeren Platz voller freier Parkfelder laufen, wo ziemlich genau in der Mitte ein verlassenes, einsames Auto im Regen steht. »Es ist ja nur noch eines da«, grinst Luca und wieder antwortet Anna: »Ja, deshalb weiß ich ja, welches deins ist.«

Sie kommen beim Auto an und Luca dreht sich zu ihr um. »Es ist die letzte Gelegenheit, Anna.« Er schaut sie fordernd an und greift nach dem Autoschlüssel in seiner Hosentasche. »Was holst du raus?«, fragt Anna. »Ehm, meinen Schlüssel …«, antwortet Luca und zeigt ihn. »Und was, wenn er zu nass wurde und nicht mehr funktioniert?« Sofort drückt Luca auf den Türöffner, indem er den Schlüssel Richtung Auto hält, unter dem schallenden Gelächter von Anna. Es piepst und der Wagen öffnet sich. »Du hast tatsächlich Panik geschoben, Luca? Ach, wie süß.« Nicht wirklich verlegen, aber zugegebenermaßen erleichtert, lächelt Luca in ihre Richtung. »Na dann, lieben Dank für die Begleitung. Das war sehr amüsant, Anna.« Luca wendet sich zum Auto, um die Tür zu öffnen, dreht sein Gesicht noch einmal zu ihr … und sieht, wie Anna ihn anschaut, den Schirm trotz des weiterhin strömenden Regens zur Seite kippt und sich durchnässen lässt.

»Wow«, entfährt es Luca und er wendet sich wieder ab von der Autotür und Anna zu. »Ist das verrückt genug?«, fragt sie, während sich ihre Kleider in kurzer Zeit vom Regen tränken lassen und sich an ihre Haut pressen. Luca schaut auf Annas' T-Shirt und tritt zu ihr heran, während sie den Schirm einfach loslässt. Sanft streichelt er ihr das nasse Haar aus ihrem Gesicht und schaut dann wieder an ihr herunter. »Du bist ja ganz nass und … Du trägst keinen BH«, sagt er leise.

Anna guckt ihm in die Augen, lächelt und antwortet: »Na, Speedy ist das ziemlich egal, wenn ich mit ihm spazieren gehe, einmal um den Block und um die Hecke …«

Luca schaut sie wieder an und Anna fährt in ihrer immer noch gelassenen, aber deutlich süßeren Art fort: »Und dein Ding ist hart, Luca.« Sofort blickt er an sich herunter und sieht seine harte Beule in der Badehose. Als er wieder hochschaut und ihr amüsiertes Grinsen sieht, sagt er »jetzt wäre es wirklich total verrückt, wenn du ihn mir blasen würdest.«

Sie stehen einen Moment im warmen Regen ganz nah aneinander und ihre Blicke lassen beide tief in den anderen hineinschauen. Anna geht langsam in die Knie, sucht nochmals Augenkontakt und Lucas Herz schlägt schneller.

Er blickt sich um, es regnet weiter stark und das Regenwasser lässt den aufgeheizten Boden immer noch etwas dampfen, wenn auch weniger als zuvor. Niemand ist in der Nähe, kaum jemand geht bei dem Wetter freiwillig raus, es wird auch niemand seinen Wagen vom Parkplatz holen kommen. Sie sind allein.

Anna zieht seine Badehose runter bis zu den Knien, schaut hoch zu ihm, und während sie in der einen Hand die Hundeleine hält, fasst ihre andere Hand seinen prallen Penis an und richtet ihn gegen ihren Mund. Sie leckt seinen fetten Stab von seinen Hoden hoch bis zur Spitze und schaut ihm dabei von unten her in die Augen. Langsam schließt sie ihren Mund um seine Eichel, spielt mit der Zunge um seinen Penis und saugt zärtlich. »Mhmm«, stöhnt Anna leise und hält die Hand mit der Leine nach außen, während ihr Hündchen zitternd im Regen danebensteht. Mit der anderen Hand fasst Anna um seine Hoden und krault sie zärtlich, bevor sie diese Hand an seinen Bauch legt und ihren Kopf fester gegen ihn drückt. »Oooaah!« Luca spürt, wie ihm das Blut in seinen harten Schwanz schießt und sich seine Knie etwas zusammenziehen, als er sich total anspannt. Der Regen läuft Anna über das Gesicht und an ihrer Nase hängt ein Tropfen, der zerrinnt, als sie ihre Nasenspitze gegen seinen Bauch drückt und würgt, weil sie seinen Penis bis tief in die Kehle nimmt.

Luca genießt den Anblick, im prasselnden Regen kauert dieses hübsche Geschöpf vor ihm, schaut hoch, während ihr die Regentropfen übers Gesicht rinnen, und verwöhnt seinen harten, prallen Schwanz. Mit stockendem Atem und lustvollem Stöhnen lässt er sich von Anna im Regen auf dem Parkplatz einen blasen.

Als er merkt, dass er bald kommt, packt er ihr Gesicht mit beiden Händen. Sie sperrt sich etwas dagegen, aber er bewegt sein Becken härter vor und zurück und schiebt seinen dicken Schwanz nun selbst mit tiefen Stößen in ihren süßen Mund, bis er auf sie runterschaut und mit einem genussvollen, lauten Stöhnen seine warme Sahne tief in ihren Mund spritzt. Er hält ihr Gesicht weiter fest und lächelt ihr zu, während sie hart schluckt und dabei erregt stöhnt. Seine Miene wird ernster, während er noch das Zucken in seinen Lenden spürt und Anna seine Eichel mit der Zunge umkreist und sein Sperma von seinem Glied leckt, um alles zu schlucken, während sein Griff um ihr Gesicht sich langsam löst und er sie streichelt.

Luca fasst herunter, nimmt ihre Hände, übernimmt die Leine mit ihrem Hündchen dran und führt Anna an der anderen Hand um die Motorhaube seines Wagens. Ohne ihre Hand loszulassen, hängt er die Leine um den Außenspiegel und tritt an Anna heran. Sie sprechen kein Wort, stehen beide durchnässt und total erregt beieinander vor seinem Auto.

Luca drängt sie rückwärts, sodass sich Anna auf den Rand der Motorhaube setzt und er sie mit seinen Händen an ihren Hüften hochschiebt, bis sie ganz auf die Motorhaube gelangt und ihre Badelatschen dabei von den Füßen rutschen.

Er öffnet ihre Shorts, ohne den Blick von ihren Augen zu nehmen, während sie sich das Regenwasser aus dem Gesicht streicht und ihn dann wieder süß und unschuldig anblickt. Er zieht ihre Shorts samt Höschen über ihre Hüften und Beine runter und wirft sie an Anna vorbei auf die Windschutzscheibe.

Anna lächelt, als sie die Füße hochzieht, die nackten Beine leicht gespreizt, und den immer noch harten Penis von Luca anschaut, der über der heruntergeschobenen Badehose herausragt. Luca drängt ihre Beine noch etwas weiter auseinander, als er direkt vor ihr steht, packt ihre Hüften und zerrt sie mit einem dominanten Ruck gegen sich. Anna kippt rückwärts und liegt mit dem Rücken auf der Motorhaube, schaut ihn über ihren Bauch an, während Luca wieder schwerer atmet und seinen erneut prallen Schwanz an ihre entblößte Muschi führt. »Oooh«, stöhnt Luca, als seine Spitze ihre sensiblen Schamlippen auseinanderdrängt und er ihn langsam etwas einführt. Dann schiebt er seine beiden Arme unter ihren Knien durch, legt die Handflächen neben ihrem Po auf die Motorhaube, beugt sich nach vorn und drückt so ihre Beine mit seinem Oberkörper nach oben. Anna stöhnt und schaut ihn mit Verlangen an, zieht sich das nasse T-Shirt selbst über ihre Brüste hoch und fasst sie mit ihren Händen an, während Luca sich fester auf sie drängt und ihre Schenkel gegen die Brüste gepresst werden. Ihre Muschi verengt sich in dieser Pose noch mehr. »Uuugh«, stöhnt Anna und schließt die Augen, während Luca zustößt und sie wippend und immer schneller auf der Motorhaube fickt. Anna liegt mit süßlich schmerzverzerrtem Gesicht auf dem Rücken im Regen, fühlt, wie die Tropfen ihre Haut überall treffen, wie heiße Schauer durch ihren ganzen Körper strömen, während sein hartes, dickes Glied immer fordernder in sie eindringt. Sie lässt ihre Brüste los, packt seine Schultern mit beiden Händen und ihre Füße wippen mit gespreizten Zehen hinter seinem Kopf in der Luft, während er sie so richtig hart durchstößt. Annas Finger bohren sich in seine Haut, Luca spürt, wie ihre Unterschenkel über seine Schultern streifen, wenn er mit jedem Stoß seinen Oberkörper auf ihre Beine drückt, und wie sein heißer Stab tief in ihrer feurig pulsierenden Muschi weiter anschwillt und er immer lauter keucht und stöhnt, bis er sich in ihrer heißen Lustgrotte ergießt und Anna aufschreit, ihre Füße sich hinter seinem Kopf berühren, sie ihre Lenden voller Verlangen an ihn presst und ebenfalls einen Orgasmus hat, so heftig wie ein Sommergewitter!

## 3

# Babysitter

Er öffnet die Haustür und tritt ein, legt den Schlüsselbund in die kleine Schale auf dem Regal und kündigt seine Ankunft an: »Bin zu Hause!« Er legt die Mappe auf den Stuhl, zieht sein Jackett aus, lockert sich die Krawatte und läuft vom Eingang ins Wohnzimmer, als seine Frau von der Küche aus mit einem Handtuch ebenfalls in den Wohnbereich kommt und ihn begrüßt: »Hey, du bist früh, wie war dein Tag?«

Er schaut sich um. »Es lief gut, die Sitzungen waren wie erhofft ... Wo sind die Kinder?«

Und mit einem raschen Küsschen erinnert ihn seine Frau: »Ich bin so weit fertig mit allem, wir werden heute Abend wie geplant essen gehen können ... Du glaubst gar nicht, wen ich als Babysitter organisieren konnte.«

Sein Gesicht zeigt ein erfreutes, erstauntes Lächeln, während er sich wieder umsieht und entgegnet: »Aha? Prima, du hast so schnell jemanden gefunden?«

Seine Frau legt das Handtuch in der Küche ab und fährt fort: »Ja, hab ich, ich werde mich gleich fertig machen gehen ... Du erinnerst dich an Barbara? Die Kleine unserer Nachbarn?« Und sich Richtung Treppe wendend, ruft sie: »Kinder ...?! Kommt kurz runter!«

Er überlegt. Ja, das war doch ... Ja klar! »Die kleine Babsi? Ich habe sie schon länger nicht mehr gesehen, war sie nicht im Ausland?«

Die Kinder kommen stürmisch die Treppe herunter und begrüßen ihren Vater, als er nach kurzen Umarmungen den Blick auf das Mädchen hebt, das hinter den Kindern die Treppe herunterläuft. »Ja genau, Barbara? Du kennst ja meinen Mann ... Barbara ist vorigen Monat aus Übersee heimgekehrt nach ihrem langen Sprachaufenthalt als Au-pair ...«, berichtet seine

Frau, während das hochgeschossene Mädchen auf ihn zugeht und ihm die Hand reicht.

Mit etwas Mühe kann er seinen Blick von ihren Hüften, ihren hübschen Brüsten noch rechtzeitig lösen und ihr mit einem Lächeln in die Augen schauen. »Barbara, wie geht es dir? Du schaust viel ... älter aus!«

Sie trägt kurze enge Jeansshorts und ein bauchfreies rosafarbenes Top mit hübschem Ausschnitt. »Oh, danke, hallo ... Ja, ich war ja auch drei Jahre weg, ich habe Ihre Kinder nur noch als Babys in Erinnerung gehabt, aber die sind so süß« und fügt hinzu »Ich freue mich, wieder hier zu sein».

Während er ihr die Hand diesen kurzen Augenblick drückt, scheint es ihm, als ob sie mit ihm flirtet, ihre Augen in diesem Moment funkeln, und er fühlt, wie ein Schauer seinen Rücken hinunterfährt ... Etwas peinlich berührt zieht er Hand zurück und bemüht sich, in gelassener Weise seine Gedanken zu zerstreuen.

»Babsi, wir können Papa doch zeigen, was wir gespielt haben?«, ruft eines der Kinder, während sich Barbara zu ihnen runterkauert und sagt: »Ja klar, das könnten wir, aber deine Eltern gehen heute Abend weg und müssen sich auch noch fertig machen, weißt du?«

Seine Frau tritt neben ihn und schaut auf den Babysitter und die Kinder. »Es war so ein Glück, dass wir uns heute Morgen beim Markt zufällig trafen, Barbara war mit ihrer Mutter da ... Und dass sie es gleich heute einrichten konnte, ich bin so dankbar! Und die Kinder verstehen sich prächtig mit ihr.«

Zufrieden mit der glücklichen Lösung tätschelt sie den Arm ihres Mannes und läuft zur Treppe. »Kannst du Barbara noch wegen der Alarmanlage im Haus informieren? Sonst kennt sie schon alles Nötige. Dazu sind wir noch nicht gekommen ... Ich bin dann mal im Badezimmer, wird eine Weile dauern ...« Und sie läuft beschwingt zur Treppe und verschwindet nach oben.

»Ja klar, ich bin ja so weit bereit, muss mich nicht umziehen ...«, sagt er etwas abwesend, während Barbara sich aufrichtet und ihn bewundernd, aber selbstsicher anschaut und lächelt. »Sie sehen prima aus, der Anzug steht Ihnen ...!« Sie fährt mit den Fingern über sein Hemd und zurrt die gelöste Krawatte wieder etwas fest ... Und wieder treffen ihn ihre Blicke, verlockend, verführerisch, ein unschuldiges Lächeln mit einem frechen Funkeln in den Augen. »Oh, danke ... ja ...«, stottert er, während sie sich bereits wieder zu den Kindern umgedreht hat und mit ihnen spricht. »Na? Wollt ihr denn nicht noch die Spielsachen etwas wegräumen, damit Daddy in eurem Zimmer gleich ansehen kann, was ihr aufgebaut habt?«

Auf das Drängen der Kinder, es sich sofort ansehen zu gehen, antwortet sie bestimmt, aber lieb: »Doch, doch ... Erst räumt ihr drum herum noch auf. Die Gebäude könnt ihr stehen lassen, aber all die Teile auf dem Boden gehen in die Kiste, los, los ...« Worauf die Kinder sich sofort die Treppe hinaufbewegen, um zu tun, was ihnen gesagt wurde.


Barbara wendet sich um, während er, gegen das freistehende Element der Kücheninsel gelehnt, dasteht. »Sie waren erstaunt, mich zu sehen? Hätten mich wohl auf der Straße nicht wiedererkannt?«, sagt sie.

Sie kommt ihm ziemlich nah und er kann es sich nicht verkneifen, sie von unten bis oben zu mustern, wie elegant sie sich bewegt, dieo Boine, ihre Hüften, ihr Gesicht und diese Augen. »Nein, tatsächlich hätte ich dich niemals erkannt, einfach so ... Du bist kein Teenager mehr, sondern eine hübsche junge Frau ...«, kommt es aus seinem Mund. »Hahaha ... Das ist süß, ich stelle mir vor, Sie hätten mit mir auf der Straße geflirtet, wenn Ihre Frau mich Ihnen nicht vorgestellt hätte. Das hätte doch passieren können?«, sagt sie, verführerisch vor ihm stehend, die Daumen in die winzigen Taschen ihrer Jeans eingehängt, mit einem besonders süßen Lächeln und einem Blick, der ihn wirklich provoziert. Oh, wie gut sie ausschaut, verdammt. »Es ... Also, ich flirte doch nicht ... Ich bin verheiratet ...«

Sie stemmt sich mit beiden Händen neben ihm auf die Kücheninsel, lächelt ihn weiter an und lässt ihn in ihren hübschen Ausschnitt blicken. »Aaah, ja klar. Aber wenn man nur bedenkt, ob ich hübsch genug wäre, damit Sie mir nachschauen würden ...?« Ihre Stimme hat so was Reines, Unschuldiges, aber ihre Worte bringen ihn beinahe zum Schwitzen und er holt kurz Luft, um zu antworten: »Ja, du bist sehr hübsch ... Also, klar blicken dir Jungs nach, stelle ich mir vor ... Das bist du sicher gewohnt ...« Und ihre Blicke treffen sich, doch sie wendet ihr Gesicht sofort ab. »Ja, schon ... Aber, na ja, die Zeit in Übersee ... Ich interessiere mich halt mehr für Männer als für Jungs ...«

Ziemlich angestrengt versucht er, in diesem Moment seine Gedanken zu ordnen, Ruhe zu bewahren, sich zu überlegen, was er darauf nur antworten soll. »Sie finden mich hübsch?«, haucht sie, als sie ihren Blick wieder hebt und ihn ansieht. »Ja, sehr ... hübsch ... Also, du bist sexy ... Finde ich.« Leicht wippend und auf die Hände gestützt, bewegt sie sich vor ihm, beisst sich auf die Unterlippe und entgegnet fröhlich: »Ja? Sehr sexy? Was genau ... finden Sie an mir wirklich sexy? Sie, als attraktiver, älterer Mann ...« Sie kommen sich dabei gefährlich nahe, doch er kann sich nicht wegbewegen, ohne sie dabei zu berühren, also atmet er tief ein und hält ihrem Blick stand, als er antwortet: »Du ... Deine Augen, sie strahlen so schön, du hast ein besonderes Funkeln. Und deine Kurven, sehr weiblich ... Du hast einen bezaubernden Nacken und ...« Weiter kommt er nicht, als sie ihn übermütig anspringt, ihm ihre Hände um den Nacken legt und ihn unversehens küsst. Er belässt seine Hände nach einem reflexartigen Zucken doch auf der Kücheninsel und lässt den Kuss überrascht zu. Mit geschlossenen Augen spürt er, wie ihr leidenschaftlicher Kuss langsam nachlässt und ihre Finger nur noch zärtlich seinen Nacken streicheln, während er ihre Stimme hört: »Es ist so, dass ich ... Schon bevor ich so lange weg war ... immer gerne zu Ihnen rübergeschaut habe ... Wenn ich Sie auf der Straße sah, wenn ich an Ihrem Haus vorbeiging ... wenn Sie mit meinem Vater geredet haben ...«
Erneut erhält er einen heißen Kuss und ihre Finger gleiten diesmal durch sein Haar. »Mhmm ...« Sie stöhnt und drängt ihren Kör-

per an seinen ... »Warte, stopp ... Das ist ...« Ihre Hände gleiten an seinem Oberkörper entlang runter, als sie ihn mit einem erregten Japsen unterbricht: »Ich höre die Dusche ... Deine Frau kommt bestimmt nicht runter ... und die Kinder räumen auf ... Also ...?« Ihre Hände kommen an seiner Hose an, öffnen sie, ziehen den Reißverschluss runter und das Hemd hoch. Sie geht in die Knie, ihre heißen sanften Lippen berühren seine Lenden, küssen ihn, leise stöhnt sie dabei und zieht ihm seine Boxershorts ganz runter. Als sich ihre Hand um seinen harten, prallen Penis schließt und sie ihn an der Seite entlang zu lecken beginnt, schießt ihm das Blut heiß ein.

Er packt ihr Haar am Hinterkopf, zerrt sie zurück und ... schaut zu ihr runter ... Provozierend lächelt sie ihn an, leckt sich über die Unterlippe ... Bevor er etwas sagen kann, spürt er den Druck ihrer Hand um sein warmes, hartes Glied und er stöhnt leise. Es hat ihm die Stimme verschlagen und er kann nichts antworten. Es ist eh zu spät, sein Verstand ist wie ausgeschaltet. Noch eben waren da die Warnungen: Nein, das darfst du nicht ... Das ist es nicht wert ... Was machst du bloß? Wer ist sie? Was, wenn deine Frau ...?

Oooh, wie er sie jetzt beim Schopf hochzerrt und herumdreht, sie gegen die Kücheninsel drängt und darauf hinunterdrückt ... »Aaah ...«, Barbara stöhnt belustigt und zieht sich selbst das Top über die hübschen Brüste hoch ... streckt ihren sexy Po nach hinten. In seiner bereits geöffneten Hose drängt er sich an sie, umfasst sie, streichelt ihre Hütten und ihre Schenkel ... Mhmm ... Endlich greift er richtig um sie und zerrt den Knopf ihrer Jeansshorts auf ... »Oooh jaaa ... Daddy ...«, haucht sie und versucht ihr Gesicht so zu drehen, dass sie ihn über ihre Schulter anschauen kann, doch er packt ihr Haar nur noch fester und drängt sie etwas brutal nach vorne ... »Uuumm ... Oh jaaa ... Mach es ...«, keucht sie erregt und spürt, wie ihre Füße auf dem Küchenplattenboden etwas auseinandergleiten ... Aaah ... Wie gut sich sein Griff anfühlt ... Er zerrt ihr die geöffneten Shorts samt Höschen in einem Ruck über den sexy Po runter ... Dort halten diese knapp über den Knien ihre Schenkel zusammen, wodurch ihre Muschi sich schön eng anfühlt.

Als ihre sensiblen Schamlippen seine pralle, heisse Eichel fühlen ... stöhnt sie »Oooaaah ... Fick mich ... Daddy ...«, und lächelt erregt, als er bereits zustößt ... hart, tief ...

Er gibt ihrem Kopf einen Schubser und legt einen Arm um ihren Bauch, klatscht mit der anderen Hand auf ihren geilen Arsch und sie japst: »Aaah ... Mhmm ... Shhh ... Man könnte uns hören ... Aaah ...« Und wieder beißt sie sich auf die Unterlippe, um die nun härteren und tieferen Stöße zu nehmen ... Aaah ... Ihre saftige Muschi ist so heiß und schmatzt genüsslich ... »Oooaah ... Jaaa ...« Wie sich ihre hübschen Brüste bei jedem Stoß bewegen, hin und her wackeln ... Und sie fasst sich mit einer Hand an ihren Busen, streichelt ihn, fasst ihn an und stöhnt, so leise es geht, während er sie bei der Hüfte festhält und hart gegen die Kücheninsel nimmt.

Sie steht auf den Zehenspitzen und wölbt ihren Rücken, stemmt ihren sexy Po so fest sie kann nach hinten, nach oben ... Und genießt, wie sich das heiße, harte Fleisch anfühlt, dass er ihr ohne Schutz tief und tiefer hineinstößt. »Oh jaaa, wie ich ... mir das so lange schon ... vorgestellt habe ... Mhmm.« Barbara erzittert hart, stöhnt und grinst frech und lustvoll mit dem Gesicht auf die Kücheninsel gedrückt, versucht, so leise wie möglich zu sein. »Wie ich mir ... dies gewünscht habe ... All die Jahre, in denen ich als junges Ding ... dich nur beobachten und heimlich begehren konnte.«

Seine Hände fassen um sie, er quetscht ihre Brüste und stößt noch härter zu, betrachtet sie und spürt eine Geilheit, wie er sie lange nicht mehr empfunden hatte. Er fühlt sich nervös und schuldig, aber dieses Gefühl, wie gierig und doch unschuldig zärtlich sich ihre heiße, nasse Muschi um seinen Penis schmiegt, bei jedem Stoß noch mehr, das lässt ihn einfach nicht aufhören. Barbara dreht ihren Oberkörper in seine Richtung und fasst mit einer Hand hinter sich und um seinen Po, krallt ihre Finger in seine harte Pobacke und schaut ihm verführerisch und total erregt, leise lachend an, immer wieder unterbrochen oder eher unterstützt durch ein geiles Japsen, das einhergeht mit den unkontrollierten Zuckungen ihres Beckens gegen ihn. Hart nimmt er sie auf der Kücheninsel und es scheint, dass ihr Stöhnen immer ausgelassener und lauter wird, er dagegen immer nervöser und seine Bewegungen immer dominanter und härter, was wiederum Barbara nur noch mehr erregt. Mit schwärmerischem, lustvollem Blick feuert sie ihn an.

In dem Moment wird die Dusche abgedreht und er rammt sein pralles Glied noch einmal tief in ihre süße, wundgefickte Ritze, bleibt zuckend mit dem Bauch an ihren Po gepresst und kommt tief in ihr drin, sodass es ihr den Atem verschlägt und sie mit weit offenem Mund und geschlossenen Augen ihren Orgasmus gegen seinen verschmierten Schoß hat.

Leise keuchend und noch immer außer Atem steht er über die Kücheninsel gelehnt hinter ihr, blickt auf ihren Po runter, zieht langsam seinen fetten Schwanz heraus, und während er ernst dreinschaut, strahlt sie ihn an, als wäre dies das Beste, was sie je erlebt hätte. Er zieht sich zurück und ordnet sein Hemd, versucht seine Hose zu schließen, als von oben die Stimme seiner Frau erklingt, die nach ihm ruft.

Barbara gleitet von der Kücheninsel herunter, zieht ihr Top über die Brüste und ihre Shorts samt Slip hoch, streicht sich dabei noch sein Sperma zwischen ihren Beinen mit dem Finger weg und schaut ihn grinsend an, während sie den Finger sauber lutscht und er seiner Frau antwortet: »Ja, Schatz, sind hier ... Warte, ich komme.«

Doch Barbara packt sein Handgelenk, kniet vor ihm nieder und schaut ihm von unten provokativ und lasziv in die Augen, während sie seinen fetten, verschmierten Penis in den Mund nimmt, leise schmatzend ihre Zunge um die Eichel gleiten lässt und dabei ihre Augen nicht einen Moment von den seinen nimmt. »So!«, flüstert sie mit einem breiten Grinsen, schluckt provozierend mit einem leisen Stöhnen, packt den gelutschten Schwanz in seine Boxershorts und zieht ihm den Reißverschluss hoch, steht auf und dreht sich gerade zur Tür, als seine Frau im Bademantel die Treppe runterkommt und zur Küche läuft. »Ah, hier seid ihr ... Ich bin gleich soweit … Wo ist bloß meine Handtasche … Na? Alles klar mit der Alarmanlage?«

Er steht noch einen Moment lang sprachlos da, schüttelt sich innerlich kurz unter den verschmitzt und etwas versaut blickenden Augen von Barbara, die sofort auf ein belustigtes, unschuldiges Lächeln wechselt, als sie antwortet: »Ja klar, supereinfach … Wurde mir noch nie so kompetent erklärt«, worauf alle sich kurz anblicken und dann lachen.

## 4

## Die Geschäftsreise

Sein Schritt wird etwas schneller, als er die große Straße überquert und durch das offene eiserne Tor in den Park tritt. Richard atmet durch und hält kurz inne, lockert sich die Krawatte und öffnet den obersten Hemdknopf. Es ist noch früh am Nachmittag, aber sein letztes Meeting für heute ist vorbei. Auf Geschäftsreise hat er neben den Kundenterminen keine Verpflichtungen und sein Blick schweift durch den grünen Park: das ferne Geplauder von Menschen, der Duft der erwachten Natur, die bereits warmen Sonnenstrahlen ... Es erfüllt ihn mit einem Gefühl von Ruhe und Sinnlichkeit.

Sein Jackett über den Arm gelegt, die Aktenmappe in der anderen Hand, läuft er ruhig und schweifenden Blickes über den geschwungenen Kiesweg, durch Wiesen und Blumenbeete, an großen Bäumen vorbei, die vom zarten Grün der sprießenden Blätter geschmückt sind.

An einer kleinen, leicht gerundeten Brücke aus Stein lässt er sich auf dem breiten Endpfeiler eines der beiden Brückengeländer nieder. Er schaut über den darunter liegenden Teich, die Seerosenblätter, die junge Entenfamilie und hin zur Trauerweide, deren Äste sich bis zum Wasser neigen.

Einen Moment stockt er, setzt sich etwas aufrechter hin und kneift die Augen leicht zusammen; dieses hübsche Geschöpf dort streicht sich das Haar hinter ihr Ohr und sieht sinnlich vor sich hin, geht dabei langsam und elegant, so sieht es für ihn jedenfalls aus. Er lächelt, betrachtet sie und findet, dass sie perfekt in diese Landschaft passt mit ihren hellen, hübschen Kleidern. Sie ist noch ein Stück von ihm entfernt und hat ihn noch nicht entdeckt, kommt aber langsam näher.

Am liebsten würde er sie ansprechen, würde ihr ein Kompliment machen; bei diesem Gedanken lächelt er erneut. Und als sie tatsächlich am Kiesweg abbiegt, sodass sie auf die Brücke zugeht, da steht er auf. Die Aktentasche lehnt am Geländer, sein Jackett lässt er über ebendieses gelegt zurück und geht ein, zwei Schritte auf sie zu.

Als sie ihn beinahe erreicht, schaut sie auf, lächelt freundlich und leicht verlegen, da er sie so direkt anschaut. Ihre Augen scheinen in diesem Moment zu sagen: Oh, hallo! Aber auch: Was habe ich getan? Warum schauen Sie mich so an?

Er lächelt sie weiter an und bricht endlich das Schweigen: »Hallo, entschuldigen Sie ... ich, also ... Ich habe dich kommen sehen und wollte einem hübschen Mädchen gerne ein Kompliment machen ... Du bist wunderschön, wie du hier entlangläufst, wie du farblich in diese malerische Szenerie passt ...« Dabei geht er auf sie zu und steht ziemlich nahe vor ihr, während sie sich verlegen abwendet und wiederum ihr Haar aus dem Gesicht hinters Ohr streicht. Sie lächelt dabei, noch herzhafter sogar als zuvor, und antwortet: »Oh, das ... ist sehr lieb, sehr überraschend, ich dachte nicht, dass jemand ...«

Nun steht er bei ihr und nimmt ihre beiden Hände und schaut in ihre wunderschönen Augen, hält ihre Hände sanft und sagt liebevoll: »Oh, ich wollte Sie natürlich nicht erschrecken, ganz im Gegenteil ... Ich finde einfach, du solltest wissen, dass du jemanden in diesem Moment allein mit deiner Erscheinung, deiner Anwesenheit glücklich gemacht hast.« Sie lacht und tritt etwas nervös und verwirrt auf ein Bein, senkt den Blick, errötet leicht und schaut schüchtern wieder hoch. »Das ist sehr ... nett von Ihnen ...?«, sagt sie sanft und er lacht. »Oh, Sie ... Du ... Sag mir, wie heißt du? Ich bin offensichtlich der Ältere von uns beiden. Dann duzen wir uns besser« Dabei drückt er ihre Hände etwas fester und schaut ihr tief in die Augen, wobei sie sogleich Herzklopfen kriegt.

Einfach nur so für ein Kompliment ist der Herr schon sehr aufdringlich, denkt sie, lacht etwas schüchtern und setzt einen ruhigen, gefassten Gesichtsausdruck auf, denn er gefällt ihr und

er ist sympathisch, das fühlt sich gut an, vor allem diese wohl-
gemeinten Schmeicheleien. »Ich heiße Miriam, also … Miri? Ja,
und ich studiere, bin wohl jünger, genau. Was machen Sie?« In
dem Moment stößt er sie sachte rückwärts gegen das Brückengeländer, hebt ihre Hände und legt sie sich um seinen Nacken,
streichelt ihr das Haar nun selbst aus dem hübschen Gesicht
und schaut ihr dabei tief in die wunderschönen Augen. »Du …
Du musst mich nicht mehr siezen, Miriam, was für ein schöner
Name, es freut mich sehr … Ich heiße Richard.«

Sie spürt das steinerne Brückengeländer an ihrem Po, leicht
zittrig, und wie automatisch streichelt ihr Finger seinen Nacken,
während sie den strengen Blick in seinen Augen wohltuend auf-
saugt. Den Ton seiner Stimme, als er sie darauf aufmerksam mach-
te, ihn zu duzen. »Was ich mache? Hm, ich bin auf Geschäftsreise … Ich arbeite im Finanzbereich, deshalb trage ich Anzug.
Aber habe meine Termine für heute beendet«, führt er aus, um
sich ihr etwas näher vorzustellen. Sie stehen dabei sehr eng am
Brückengeländer, während sie diese süße Konversation führen.

Miriam schaut ihn schon viel selbstsicherer an und genießt es,
mit Richard zu flirten. Sie streicht sich mit verführerischem Blick
das Haar einmal mehr hinters Ohr und legt die Hand sogleich
wieder um seinen Nacken. »Echt? Finanzbereich? Ich studiere
Rechtswissenschaften«, sagt sie stolz und zugleich interessiert.

Richard lächelt sie bewundernd an, wobei er sich nicht ent-
scheiden kann, ob es ihre Schönheit und Anmut oder die ech-
te Sympathie ist, die ihm gerade besser gefällt. »Eine Jurastudentin? Das ist ja interessant. So wunderschön und dann noch
intelligent?«

Bei diesen Worten legt er seine starken Hände an ihre Hüften, während sie ihn fordernd anschaut und lächelt. »Aha? Dann
ist das wohl so«, sagt sie leise und fühlt sich geschmeichelt …
und sehr gut.

Einen Moment schauen sie sich nur an und spüren beide, dass
sie sich voneinander angezogen fühlen. Miriam streckt ihren
Rücken mit einer sinnlichen Bewegung durch, Richards Hand

gleitet langsam von ihrer Hüfte um ihren Po und mit den Fingern schiebt er sachte, aber fordernd ihr Kleid hoch. Seine Finger gleiten auf ihrer zarten Haut behutsam unters Kleid, während sie sich weiterhin intensiv in die Augen schauen.

Miriam lächelt und beißt sich sanft auf die Unterlippe. Ihr Atem beschleunigt sich, aber sie fasst sich sogleich wieder und schaut seitlich an sich runter, dann wieder in seine Augen. »Na, machen Sie das öfters auf Ihren Geschäftsreisen? Fremde Mädchen ansprechen? Und anfassen? Einfach so, im Park?« Während sie ihn provozierend anschaut, streichelt sie sein Haar am Nacken und spürt, wie seine Finger zärtlich über ihre Haut streicheln. »Ich mache das dauernd, ja klar ...«, antwortet er und schaut sie möglichst kühl und arrogant an. »Gerade erst gestern ... Vielleicht kennst du sie? Ich glaube, ich habe noch ein Foto von ihr, als sie mit auf mein Hotelzimmer kam ...«, sagt er und genießt, wie ihre Augen funkeln, während ihre Hand von seinem Nacken nach vorn an seine Wange gleitet.

Ihre Gesichter sind sich ganz nah und Miriam stellt ihren Fuß auf einen Absatz des steinernen Brückengeländers, an dem sie lehnt. So hebt sie ihre Pobacke seitlich etwas an, dort, wo seine Hand unter ihrem Kleid sie zärtlich streichelt und sich an ihren Slip vortastet. Ihre Stirnen berühren sich, ihr Daumen streicht sanft über seine Lippen, während beide sachte, aber schneller atmen. »Und, was machst du ... mit Mädchen, die du ins Hotelzimmer ... verschleppst?«, haucht sie und ihre Mundwinkel zucken, aber die Erregung und das schwere Atmen verhindern ein Lächeln.

Nun gleitet seine Hand vollends um ihren rundlichen sexy Hintern und die Fingerkuppen drängen von oben her in die Poritze. »Ich fessle sie ans Bettgestell ..., verbinde ihre Augen ... und dann ...«, Richard unterbricht seinen Satz und sieht, wie sich ihr Blick verklärt.

Ihr entfährt ein süßes Japsen, wobei er nicht sicher weiß, ob ihr dies von seinen Fingerspitzen entlockt wurde, die nun unter ihrem Kleid ihre Muschi berühren, oder ob es die Vorstellung ist, von ihm gefesselt zu werden. »Und dann?«, keucht sie, während sie sein Kinn fester anfasst, die Finger der anderen Hand in sein Haar wühlt und ihre Lenden leicht erzittern. »Na, dann ... Also, die Fesseln von gestern sind noch am Bettgestell ... Wenn du erfahren möchtest, was dann passiert ..., kannst du mitkommen.«

Mit diesen Worten drängt er ihr zwei Finger sanft, aber fordernd zwischen die feuchten Schamlippen und bewegt sie langsam, während sie sein Haar fest gepackt hat und ihr Becken gegen seine Hand drängt, ihm dabei ins Gesicht haucht und dann lächelnd flüstert: »Vor Männern wie dir haben mich meine Eltern gewarnt ...« Er genießt es, wie sich ihre Brüste vor ihm heben und senken, weil sie so schwer atmet, und ihre warme, feuchte Vagina sich weiter gegen seine Hand presst, um seine Finger zu spüren. »Und du? Süße, freche Rebellin? Willst gerade wegen der Warnung deiner Eltern wissen, was in meinem Hotelzimmer passieren wird?«

Endlich küsst er sie ... kurz und heftig ... Sie stöhnt in den Kuss, ihre Lenden zucken und ihre Finger krallen sich in seinen Nacken, während sie ohne Stimme erwidert: »Ich ... studiere Jura ... Ich könnte dich verklagen ...« Beide lachen und küssen sich erneut. »Du verklagst mich eher, wenn ich es dir nicht gut besorge, habe ich recht?« Mit einem Ruck zieht er sie fest an sich heran, wobei sie sein hartes Glied durch die Hose zwischen ihren Deinen spürt. »Aaah ...«, stöhnt sie und blickt ihn an. »Stimmt das? Wegen gestern? Im Hotelzimmer?« Auf ihre Frage hin küsst er sie leidenschaftlich und erwidert danach: »Shhh, Miri ... Ich denke nicht, dass es noch so ein schönes Mädchen in dieser Stadt gibt ... Ich habe natürlich auf dich gewartet ... Es gibt sonst keine ...« und wieder drängen sie sich fest umschlungen aneinander, wobei seine Hände sie noch härter und schneller fingern. »Ich will dich ...«, haucht sie ihm nach einem langen, intensiven Kuss ins Ohr. Ihre Hand gleitet runter, fasst seinen harten, großen Penis durch die Hose an, wobei sie genüsslich in sein Ohr stöhnt. Ihre Lenden brennen vor Verlangen und wieder erzittert sie heftig ob seinen Fingern in ihrer heißen Ritze, während sie ein Bein um seine Hüften legt und ihren Fuß hinter ihm einhakt.

Ihre Hand nestelt an seinem Reißverschluss, beide keuchen erregt und Richard stöhnt mit festem Druck seiner Hand an ihrem Po: »Was machst du?« Miriam kichert: »Was wohl? Ich will ihn spüren … in mir«, sagt sie frech und schaut ihm in die Augen. Richard beißt sich auf die Lippe und schaut sich um. »Hier? Jetzt?« Doch sein Reißverschluss ist bereits offen und ihre Hand in der Hose drin. Sie zieht seine Boxershorts einfach runter und die zarte Hand umschließt sein warmes, strammes Glied. »Oooaaah …«, entfährt ihm ein Stöhnen, während er zuckt und noch mehr Blut in seinen harten Stab schießt. »Du bist ein ganz durchtriebenes, süßes Miststück«, keucht er leise mit einem lüsternen und erregten Blick auf sie nieder, während sie ihre Beine etwas weiter auseinanderspreizt und ihn frech angrinst. »Ich spiele doch nur ein bisschen.« Ihre Hand führt seinen Penis unters Kleid. Von dessen feinem Stoff bedeckt, reibt sie seine Eichel sanft gegen ihre Schenkel, provoziert ihn mit ihren Blicken und lässt dann seinen Schwanz los, legt ihre Arme um seinen Nacken und flüstert ihm lustvoll ins Ohr: »Du wagst es eh nicht, mich hier zu nehmen …« Sofort gleitet seine Hand von ihrem Hintern innen an ihrem Slip nach vorne und zieht ihn so etwas zur Seite. Mit einer Bewegung seiner Hüfte bringt er sein Glied nach vorn und seine pralle Eichel berührt ihre feuchten Schamlippen. »Mhmm … Oh Miri …«, stöhnt er und zerrt etwas am Slip, drängt sich fester an sie und fährt mit der Spitze seines Glieds an ihrer süßen, nassen Ritze entlang, von oben nach unten, drückt ihn etwas nach vorn und spürt, wie die Spitze leicht eindringt.

»Aaaah, warte … Mhmm«, klingt es leise aus ihrem Mund. Sofort hält er inne. Sie legt ihre Hände an seine Schultern, dreht ihr Gesicht leicht zur Seite, lächelt unschuldig und schaut über seine Schulter an ihm vorbei. Sie zieht ihm beiläufig seinen Hemdkragen straff und streicht über die Krawatte. Eine Frau geht hinter ihm über die Brücke an ihnen vorbei und er hört Miriam grüßen: »Hallo …«, Oooh … Sofort schwillt sein Penis an, wird härter und Miriam zuckt mit dem Becken gegen ihn. »Ist sie weg?«, flüstert er und schaut Miriam an. »Noch nicht, warte …« Sie lächelt, als ob nichts wäre, und dreht ihr Gesicht ihm zu.

»Gut ...«, sagt sie noch, als sie sich sofort leidenschaftlich küssen und er sanft und nicht zu auffällig, aber immer wieder in sie eindringt. Zärtlich umschlungen, stehen sie da. Sie lächelt ihn sinnlich an und küsst ihn sanft, als er sich tief in ihr ergießt und sie beide leicht zitternd, schwer atmend, eng aneinander geschmiegt in diesem innigen Moment im Park verharren und sich erst langsam entspannen.

»Das war gut ...«, stöhnt Richard, während er Miriam betrachtet, wie sie sich die Kleider lässig und geschmeidig zurechtrückt und mit einem verführerischen Lächeln entgegnet: »Das war auch sehr kurz.« Während Richard sein Jackett greift und ihr seinen Arm reicht, prüft Miriam ihn mit einer Spange im Mund, sich das Haar hochsteckend. »Ganz schön schmutzig, so ein Quickie im Park ... Was mich natürlich neugierig macht, was du mit mir im Hotelzimmer anstellen würdest.« Miriam hakt sich bei ihm ein und sie gehen gemütlich plaudernd weiter. »Du würdest mich fesseln? Und was sonst noch?«

Richard weiß genau, dass er ihre Neugierde nicht detailliert befriedigen sollte, bevor sie im Hotel sind. Nach einigen Andeutungen schließt er mit den Worten: »Es sind nur zehn Gehminuten von hier. Finde es heraus, wenn du dich traust, dich auf den gefährlichen Fremden einzulassen.« Ein Blick in ihre Augen bestätigt ihm, dass er ins Schwarze getroffen hat und ihre eigene Fantasie sie aufs Tiefste erregt. Selbstbewusst lächelt er und blickt die süße versaute Jurastudentin vielsagend an, während beide den Gang etwas beschleunigen.

## 5

## Auf der Betriebsfeier

Gabriela läuft mit einem Stapel Papiere unter dem Arm vom Kopierer zurück an ihren Schreibtisch, legt im Vorbeigehen einem Arbeitskollegen eine Seite hin und ruft ihm zu. »Du brauchst das Dokument nur noch durchzulesen und dann zu unterschreiben ... Bringst es mir danach, ja?« Ohne die Zustimmung abzuwarten, schwebt sie auf ihren High Heels zwischen weiteren Schreibtischen hindurch, an einem Bürogestell vorbei und knallt den Stapel auf ihren eigenen Arbeitsplatz, wo ihr Kollege Sebastian auf der Tischkante sitzt und sie erwartet. »Das ist alles, was der Chef heute noch erledigt haben will? Vor der Feier?« Er erhebt sich und nimmt sein Sakko vom Arm, während er auf sie wartet. Gabriela fährt ihren Computer runter und antwortet: »Ja, das schaff ich ... Sonst wartest du ja sicher, damit wir zusammen hingehen, mein Lieber ...?! So, jetzt erst mal Mittagspause ...« Sie greift sich ihre Handtasche und die beiden gehen durch das Großraumbüro in Richtung Ausgang.

»Wo wollen wir hin? Ich habe keine Lust auf ein Restaurant, wenn wir abends auf der Feier eh nochmals volles Programm essen«, sagt er, während er ihr die Tür aufhält. Gabriela lächelt, sie arbeitet nun schon länger mit Sebastian zusammen und mag, wie galant er immer ist, ohne aufdringlich zu sein. »Nein, du hast recht, ich schlage vor, wir nehmen etwas Kleines und sitzen im Park am See?«

Sie verstehen sich schon länger beinahe blind; diese Vorschläge müssen nie lange diskutiert werden, ob bei der Arbeit oder privat, sie haben ein Verständnis, das einige ihrer Arbeitskollegen öfters auch schon mal belächelt haben. Häufig werden Sprüche gemacht, als wären sie ein Paar. Das sind sie aber nicht.

Mit einigen gesunden Kleinigkeiten aus dem Take-away an der Ecke laufen sie durch den Park, setzen sich an einen der freien Plätze, wo sie sich schon öfters in der Mittagspause zu zweit hinbegeben haben. Noch ein letztes Thema aus der Arbeit, dann wechseln sie ins Private, als Sebastian einen vibrierenden Anruf auf seinem Handy spürt. Er antwortet und Gabriela isst ihren Salat aus der Öko-Schale, schaut über den kleinen See im Park und genießt den ruhigen Moment und die schöne Aussicht.

Als Sebastian den Anruf beendet, schaut sie zu ihm und fragt nach: »Das ist nächsten Samstag? Ich werde da unseren Jungen auch begleiten … Wir können gemeinsam hinfahren.« Sebastian isst erst einen Bissen fertig und antwortet dann: »Nein, wir müssen bestimmt noch etwas vorbereiten oder sind dann im Stress, besser wir fahren getrennt und sehen uns dann da.«

Gabriela nickt. »Ja klar … und hast du mit der Lehrerin schon wegen des Sommerprogramms gesprochen? Darüber haben wir uns doch auch mal unterhalten.« Sebastian wischt sich die Hände mit einer Serviette ab und lächelt, als er sich auf der großzügigen Holzbank etwas lockerer hinsetzt und zurücklehnt. »Na, du meinst die Woche, in der die Kinder in der Nachhilfe sind und wir uns ab und an auf den Tennisplatz davonschleichen? Da freu ich mich schon darauf, das wird gemütlich!« Gabriela rutscht mit den Füßen aus ihren High Heels, zieht ihre Beine auf die Bank hoch, umfasst sie und lehnt sich dabei etwas an Sebastian an, lächelt ihm ebenfalls zu und sagt: »Ja, das meine ich, das wird eine sehr schöne Zeit, diese Woche im Sommer …«

Sie plaudern noch etwas weiter, scherzen und Sebastian raucht noch eine Zigarette, bevor sie ihr Lunch-Picknick zusammenpacken und zur Arbeit zurückkehren.

Als Sebastian ihr den wenigen Abfall abnimmt und beim Ausgang vom Park entsorgt, wartet Gabriela und sieht ihm zu. Er gefällt ihr, sie mag ihn, ihren Arbeitskollegen und Freund. Sie lächelt und spürt ein leichtes Herzklopfen und eine Zuneigung, worauf sie sich abwendet und sich in Bewegung setzt, als er sie wieder einholt.

Der Nachmittag bei der Arbeit ist nochmals ziemlich stressig, wie es oft der Fall ist, wenn eine Betriebsfeier am Abend ansteht. Es ist eine Firma mit vielen Mitarbeitern und die Feiern sind meistens aufwendig organisiert; dieses Mal in einem Saal im größten Hotel mit einem mehrgängigen Essen, Livemusik, Tanz und einer großen Bar. Der Saal hat eine Galerie, dort gibt es nochmals eine Bar und einige Lounge-Sofas, wo man in kleinen Gruppen etwas abseits sitzen kann und es etwas ruhiger ist.

Das Essen nehmen die Mitarbeiter an großen runden Tischen ein, wobei versucht wurde, die Teams etwas zu mischen. Trotzdem haben Gabriela und Sebastian darauf geachtet, dass sie am selben Tisch sitzen.

Nach einigen Reden und den servierten Gängen leeren sich die Tische langsam und die Band auf der Bühne wechselt von lockerem, nicht zu lautem Jazz hin zu einer Rockband, die Coverversionen von Songs aus den 80ern spielt.

Gabriela schaut zu Sebastian hinüber, der neben ihr am Tisch sitzt und auf sein Handy blickt. »Was ist? Alles gut?«, fragt sie, worauf er hochblickt und antwortet: »Ja klar, alles gut ...«

Sie schaut ihn etwas besorgt an und fährt fort: »Na, dann schalt es doch ab.« Sie legt ihm ihre Hand auf den Arm. »Wir können tanzen gehen ... oder oben etwas trinken, an der Bar? Komm, die Musik ist wirklich gut, gehen wir nach vorn? Es sind fast alle am Tanzen, die Stimmung ist wirklich gut ...«

Er blickt auf und steckt das Handy weg. »Ja klar, du hast recht, geben wir noch etwas Gas und feiern, bevor ich gehe ...« Sie zieht die Augenbrauen hoch und entgegnet: »Bevor du gehst? Wohin ...? Heim? Du ... hast kein Zimmer genommen im Hotel?« Sie blickt ihn ungläubig und auch etwas vorwurfsvoll an, ohne dass ihr klar wird, dass ihre Hand seinen Arm etwas fester anfasst.

Sebastian lächelt. »Dann hast du dich eingetragen für ein Zimmer?« Aber ihre Augenbrauen senken sich noch immer nicht. »Jaaa? Klar ...? Mike ist daheim und schaut auf die Kinder ... Hey, Seb, letztes Jahr wurde es vier Uhr und es war wirklich klasse, du gehst doch nicht dieses Mal früher ...?« Während sie nach vorn gebeugt ernst zu ihrem Freund und Arbeitskollegen schaut, tippt dieser eine Nachricht in sein Handy und sagt lächelnd: »Du hast recht, ich habe daheim gesagt, es würde wohl heute nicht so spät ... Aber wenn die Stimmung gut ist ...« Langsam nickt Gabriela und fügt hinzu: »Ganz genau ... Seb, schau mich an ... Hab Spaß!« Damit schaltet Sebastian sein Handy aus. »Ich habe nur noch geschrieben, dass es doch später werden könnte ...« und steckt es endgültig weg, ins Sakko, das er über die Stuhllehne gehängt hat.

Einige Zeit später trällert Gabriela Arm in Arm mit einer Arbeitskollegin noch den letzten Hit, den die Band gespielt hat, während sich nun ein DJ auf der Bühne einrichtet. Die Stimmung ist sehr gut und die Feier fortgeschritten, wobei das Licht nun noch weiter gedimmt wird. Der Betrieb an der Bar läuft auf Hochtouren, gerade jetzt, wo sich die Fläche vor der Bühne nach der Rockband etwas leert.

Gabriela löst sich von der Kollegin und macht zwei schnelle Schritte auf Sebastian zu, nimmt ihn lachend beim Arm und ruft in die ausgelassene Feierstimmung: »Seb, komm, lass uns oben an der Bar einen Drink holen ...« Beschwingt und noch immer mit mächtig Hüftschwung tanzen die beiden oben in der Galerie an den spärlich besetzten Sofas vorbei zur dortigen Bar.

Tatsächlich kommen sie hier ganz schnell nach vorne zum Bestellen, nehmen sich die Drinks und setzen sich auf ein Sofa hinten an der Wand, wo man sich besser unterhalten kann und das flackernde Licht des nun startenden DJs im Saal sieht, ohne selbst ausgeleuchtet zu werden. Gabriela summt noch immer oder wieder diesen letzten alten Hit, während sie glücklich auf der Couch sitzt und in Richtung der Bühne schaut, wo jetzt modernerer Sound aufgelegt wird.

»Den Song wirst du wohl heute nicht mehr los«, sagt Sebastian lächelnd, während er ihr eine Strähne aus dem Gesicht und hinters Ohr streicht. »Ah, nein, diesen Song werde ich tatsächlich nie los ... Denn zu diesem Song wurde ich das erste Mal richtig geküsst.«

Beide lachen und er schaut sie weiter an, während sie zurücklächelt.

»Das wusste ich ja gar nicht ... Dies hast du mir noch nie erzählt«, sagt er in gespielt betupfter Weise und erhält ein weiteres Lachen von ihr, während sie sich ihm zuwendet. »Natürlich, es gibt noch so einiges, was du von mir nicht weißt, Herr Arbeitskollege«, sagt sie lachend mit einem Augenzwinkern, worauf sich beide ins Sofa zurücklehnen. »Und, war er gut?«, will Sebastian wissen. Gabriela dreht den Kopf zu ihm und schaut ihn an. »Was? Der Kuss? Unvergesslich war er ... Hahaha«, worauf beide lachen.

»Du wurdest bestimmt oft geküsst, früher, als du jede Woche auf Partys gegangen bist, na?«, fragt er nach einer Pause weiter. »Hm, na ja, es macht eine gute Party doch noch besser ... Tanzen, fröhlich sein, flirten ... und küssen«, sinniert sie neben ihm.

Er blickt sie jetzt von der Seite her an und lächelt. »Und du hast heute getanzt, bist fröhlich, kannst gut flirten ... Es wäre bestimmt schön, dich jetzt zu küssen«

Sie lächelt ebenfalls und schaut ihn prüfend an. »Aha ...? Ist da jemand auf den Geschmack gekommen? Du wolltest doch früher gehen ... Und jetzt?«

Er richtet sich auf, betrachtet sie im schummrigen Licht und flüstert: »Hm, mich hat jemand überredet, zu bleiben. Und jetzt würde ich dich gerne küssen.« Langsam neigt er sich noch etwas vor, sodass ihre Gesichter sich ganz nah sind und sie den Atem des anderen spüren können. Gabriela liegt zurückgelehnt in den Kissen, betrachtet ihn und flüstert: »Du hast zu viel getrunken ...«, wobei sie sein Gesicht mustert, seine Lippen, seine Wangen, seine Augen. Ohne den Blick voneinander zu nehmen, verharren sie einen langen Moment in dieser Pose, er über sie gebeugt, sie zurückgelehnt in den Kissen.

Dann dreht er sein Gesicht langsam, seinen Blick auf ihren Mund gesenkt ... Kurz touchiert seine Nasenspitze die ihre und er haucht: »Es ... ist nur ein Kuss ...« Seine Lippen berühren die ihren, während es Gabriela vom Bauch bis hoch in die Brust kribbelt, während sie mit geschlossenen Augen den Moment verspürt, in dem sich ihre Lippen berühren ...

Dann haucht sie die Worte »Wir sind ... Arbeitskollegen ... stehen wieder zusammen im Büro danach ...« Nochmals berühren seine Lippen die ihren, diesmal mit etwas stärkerem Druck. »Aber wir sind auch befreundet ...«, sagt er mit einem Lächeln und seine Hand liegt bereits an ihrer Hüfte, ohne dass er Anstalten macht, mit dem Küssen aufzuhören. »Befreundet? Meinst du, Freunde mit gewissen Vorzügen? Na, Seb, unter Freunden ... Umso weniger sollte dies passieren ...«, bringt sie vor, während Sebastian sie nun intensiver zu küssen beginnt und Gabriela zwar ihre Hände an seine Brust legt, aber den Kuss ansonsten nicht abwehrt. »Ich bin wegen dir geblieben, Gabi ...« Und sie küssen sich mit Zunge etwas intensiver, wobei ihre Hand an seinem Nacken hochgleitet und die Finger durch sein Haar fahren. »Aaaah, hör auf ... Wegen mir?« Einen Augenblick schauen sie sich in die Augen und er antwortet: »Ja, ich habe mich auf diese Party gefreut und bin froh, dass du gesagt hast, ich solle bleiben. Es sind oft Momente mit dir, in denen ich wirklich spüre, was mir guttut ...« Sofort packt sie seinen Hinterkopf und drückt ihm ihren Kuss auf den Mund, zieht ein Knie hoch, als er mit seinem Körper über ihren anderen Oberschenkel gleitet und auf ihr zu liegen kommt. »Sag nicht solch schöne Dinge ...«, flüstert sie lächelnd und lässt schneller atmend von ihm ab, wobei er mit der Hand von ihrer Hüfte um den sexy Po gleitet, ihr Kleid etwas hochschiebt und an ihren Hintern fasst. Sofort blickt sie ihn wieder an und fasst sein Gesicht mit beiden Händen, küsst ihn und spürt, wie seine Finger um ihren Po gleiten und die Fingerspitzen über ihren Slip streicheln.

Wieder küssen sie sich leidenschaftlich mit Zunge und Gabriela zuckt etwas zusammen, als seine Fingerspitzen in ihr Höschen gleiten und ihre warme, feuchte Muschi berühren. Doch sie lässt es mit einem leisen Stöhnen geschehen, bewegt ihr Becken und genießt den warmen Schauer, der ihren Körper dabei durchströmt. Ihre Finger streicheln sein Gesicht, als sie sich nach dem Kuss mit funkelnden Augen ansehen und ihr erneut ein leises Stöhnen über die Lippen entweicht.

In diesem Moment ertönt ein lautes Gelächter und beide zucken zusammen. Er gleitet seitwärts von ihr runter, während Gabriela sich aufrecht hinsetzt, ihre Beine unter ihm hervorzieht und sich dabei den Rock über die Hüften streicht. »Hey, habt ihr das gehört? Hahaha ...« Ein Arbeitskollege macht zwei Schritte auf sie zu. »Ach, ihr seid das ... Ich dachte, da machen zwei miteinander rum ... Was treibt ihr da im Dunkeln?«, fragt er in ihre Richtung, während er sich schon wieder zur Gruppe umdreht, mit der er gerade irgendetwas feiert und darauf anstößt.

Etwas peinlich berührt, kichert Gabriela und schaut Sebastian an. »Ach, nichts ... Wir sind wohl schon etwas ... müde vom Feiern«, erwidert sie, obwohl niemand auf eine Antwort von ihnen zu warten scheint. Beide erheben sich vom Sofa und gehen langsam auf die Gruppe zu, schauen sich immer noch geheimnisvoll lächelnd an, wobei Sebastian mit vielsagendem Blick zu ihr an seinen feuchten Fingern riecht.

Gabriela braucht einen Moment, um ihren Blick von Sebastian abzuwenden, und mit einem Lächeln sagt sie in die Runde: »Na, dann ist es wohl langsam Zeit für mich ... Es war großartig, und feiert noch gut!« Mit einer Handbewegung winkt sie die Proteste der Gruppe weg und wendet sich an Sebastian. »Bringst du mich noch hinaus?«

Sie holen ihre Handtasche und sein Sakko am Tisch und verabschieden sich im Vorbeigehen von verschiedenen feiernden Mitarbeitern. Zu Sebastian gewandt sagt Gabriela: »Und was war das eigentlich eben?« Er lächelt und antwortet: »Na, ich wollte mir einen deiner unvergesslichen Küsse sichern ... Und es hat mir gefallen«, fügt er grinsend hinzu.

Sie geht leicht vor ihm, als sie aus dem Saal treten und durch die Hotellobby schreiten, wobei sie ihren Schritt verlangsamt und über ihre Schulter zu ihm hochschaut, während ihr Handrücken genau die Beule in seinem Schritt berührt. »Das habe ich gemerkt, mein Lieber«, sagt sie lächelnd und drückt den Knopf für den Aufzug, als sie dort ankommen.

Sie dreht sich um und sie stehen ganz nah voreinander, seine Hände sanft an ihre Hüften gelegt, schaut er zu ihr und flüstert: »Ich könnte mich jetzt erkundigen, ob sie noch ein Zimmer haben für mich ...« Sie hebt ihre Augenbraue, schaut ihn prüfend an, lächelt, und während die Tür zum Aufzug aufgeht, lässt sie sich von ihm langsam rückwärts in den Aufzug bewegen. »Oder ... du schläfst bei mir im Zimmer? Hast du dir das dabei gedacht?« sind ihre Worte, als sie von seinen Händen sanft geführt im Aufzug mit dem Rücken an die Wand gedrängt wird. Die Türen schließen sich, während er sich zu ihr neigt, ihren Nacken küsst und sie an ihm vorbei den Knopf für das Stockwerk drückt.

»Und wie denkst du, wird das, wenn wir uns am Morgen wieder im Büro sehen?« Aaaah, er stöhnt auf ihre Worte hin und drängt sich zwischen ihre Beine, schiebt ihr den Rock etwas hoch und fasst um ihre Schenkel. »Wirst du mich dann vielleicht auf dem Kopierer nehmen wollen?« Sie lacht lustvoll, lässt ihre Finger durch sein Haar gleiten und neigt ihren Kopf.

Er küsst sie heiß auf ihren Nacken. Während er ihre Schenkel hält und sich zwischen ihren Beinen an sie drängt, schaut er auf und tief in ihre Augen. Er atmet schnell, blickt fordernd und erregt und haucht ihr ins Gesicht: »Ich weiß, dass ich ... Ich dich will ... und dich schon lange begehre ... und hätte küssen sollen ...«

Wieder umschlingen sie sich, als er sie hochhebt und sie sich innig und wild küssen, bis der feine Klang der Aufzugsglocke das Erreichen des Stockwerks ankündigt. Sie lassen voneinander ab, und während sie sich zur Tür umdrehen, fügt er schwer atmend hinzu: »Ich trage die volle Verantwortung ...«, worauf sie ihn in die Seite knufft. »So ...?? Na dann ... Ach, wie wäre es, wenn wir das heute beide wollen?« Und mit einem verführerischen Lächeln huscht sie an ihm vorbei und zur Tür ihres Hotelzimmers, hält die Schlüsselkarte hin und öffnet. Er packt ihren Arm, dreht sie zu sich um und hebt sie hoch, küsst sie und tritt ein, schwingt die Tür hinter sich zu und trägt sie direkt zum Bett hinüber. Er legt sie darauf ab, und während er sich die Schuhe und Hose auszieht und sie betrachtet, sagt er: »Du bist so wunderschön, Gabi ... So unglaublich heiß ...« Sie rekelt sich dabei verführerisch auf dem Bett, öffnet ihre Bluse, schmeißt sie zur Seite und lächelt ihn süß an, während sie mit einem Finger in ihrem Haar spielt. Er kniet sich stöhnend und total erregt auf das Bett zu ihren Füßen, hebt einen an, zieht ihr den eleganten High Heel aus und küsst ihren Fuß, leckt und lutscht an ihren süßen Zehen, während sie auf die Ellenbogen gestützt den Kopf in den Nacken legt und stöhnt.

Nachdem er ihr beide Schuhe ausgezogen hat und ihren Rock öffnet, zieht er ihn genüsslich über ihre Hüften runter. Langsam, von seinen Küssen auf ihre Haut begleitet, zieht sie ihre Knie an und lässt sich den Rock über die Beine streifen.

Während er sein Hemd auszieht, legt sie ihren Fuß sanft auf seine Brust, leckt sich lächelnd über ihre Unterlippe und streichelt mit ihren Zehen über seine Muskeln.

Dann packt er ihren Fuß, stellt ihn zurück aufs Bett, drängt ihre Beine auseinander und streichelt sie aufwärts, küsst und leckt über ihre Haut und fühlt, wie sie unter ihm erzittert.

Sie wölbt ihren Rücken, hebt eine Hand über ihren Kopf und hält sich am Bettgestell fest, während die andere Hand auf seinen Kopf gelegt sein Haar streichelt. Gabriela zieht ihre Knie etwas hoch, die Beine gespreizt, und sie spürt, wie er mit seinen starken Händen ihre Hüften packt, als er sein Gesicht zwischen ihre Beine senkt, ihr den Slip zur Seite zieht und mit einem Stöhnen seine weiche Zunge über ihre feuchten Schamlippen lecken lässt. »Aaaah ... Oooh jaaa ... Aaah«, stöhnt sie, während heiße Schauer durch ihren Körper strömen und sie fester in sein Haar fasst.

Er küsst ihre warme, feuchte Blume und lutscht stöhnend an ihren Schamlippen, während er erneut den Slip zur Seite ziehen muss und dann mit diesen Fingern ihre nasse Ritze zu fingern beginnt. Sie zuckt und wölbt ihren Rücken noch mehr, seine Finger dringen in sie ein und er spielt mit der Zunge an ihrer Klitoris ... Moooaaah ... Ihre Lenden zucken seinem Gesicht entgegen und sie dreht ihres mit geschlossenen Augen von einer Seite auf die andere, stöhnt und legt ihre Beine über seine Schultern, die Zehen etwas gespreizt, spürt sie ein heißes Feuer in ihren Lenden. »Aaah … Jaaa … Mach weiter … mhmm«, stöhnt sie, während er es mit einem tiefen Stöhnen erwidert: »Mhmm …« und beginnt, mit der Zunge an ihrem Arschlöchlein zu lecken, sanfte Kreise drum herum und mit sanftem Druck leckt er drüber, während seine Zähne über ihre sensiblen Schamlippen schaben und seine Nase hart gegen ihre nasse Klitoris reibt. »Oooh … Oooaah … Aarrrgh«, stöhnt Gabriela, während sie unregelmäßig und unkontrolliert erzittert und nun beide Hände auf sein Haupt legt. Seine Hände gleiten von ihrer Hüfte an ihrer Seite hoch zu ihren Brüsten, fassen sie an, feste, quetschen sie hoch und die Finger rubbeln über ihre harten Nippel, während er stöhnt und genüsslich ihre beiden Löcher verwöhnt und spürt, wie sie Feuer fängt und ihre Schenkel um seinen Kopf gedrängt heftig erzittern.

Dann richtet er sich auf, lässt ab von ihr, während Gabriela mit einem lauten Seufzer ihre Augen mit verklärtem Blick langsam öffnet und ihre zitternden Schenkel seitlich wegklappen. Er packt ihre Hüfte, dreht sie um, jetzt etwas rauer, zerrt sie hoch auf ihre Knie, sodass sie auf ihre Ellenbogen gestützt auf dem Bett kniet. Gabriela streicht sich mit einer Hand hinter ihrem Kopf das Haar auf eine Seite, versucht, ihn über ihre Schulter anzuschauen, atmet immer noch schwer, aber lächelt verführerisch.

Er klatscht ihr mit einer Handfläche hart auf den Po, sodass sie nach vorne wegzuckt und sich stöhnend auf die Unterlippe beißt. Sebastian packt ihren Hintern mit beiden Händen, krallt seine Finger in die weichen Pobacken und klatscht sie nochmals. Er genießt den Anblick, wie sie ihren Rücken durchstreckt und den Hintern hochdrängt; ja, so könnte er sie sich über dem Kopierer im Büro jeden Tag vorstellen, fährt es ihm durch den Kopf und er spürt frech grinsend, wie ihm das Blut in sein heißes, hartes Glied schießt. Seine Hände streicheln vom Po über den Rücken aufwärts bis zum Nacken, wo er mit einer Hand ihr Haar packt und ihren Kopf nach hinten zerrt, während die andere Hand seinen harten, dicken Schwanz von hinten an ihre feuchten, frisch geleckten Schamlippen führt ... Mhmm ... Er lässt den Penis los und zieht ihren Slip jetzt richtig über den Po runter, sodass ihre heiße, nasse Ritze schön frei ist.

Er liebt diesen Anblick und wie sie stöhnt, während er ihr Haar fest gepackt hat und ihren Kopf zurückzieht. Mit seiner prallen Eichel drängt er ihre saftigen rosa Schamlippen auseinander und stößt dann tiefer zu ... »Ooaah ... Aaarrh ...« Wieder dringt er in sie ein, so hart, dass sie vornüber aufs Bett fällt und er auf ihr niedersinkt, wobei er ihr Haar loslässt. Sinnlich vereint, Wange an Wange, bewegt er sein Becken und dringt wieder und wieder in sie ein, stößt gegen ihren weichen Po und fühlt, wie sie immer heftiger erzittert, wenn sein heisser Stab zwischen ihren nassen Schamlippen in sie gleitet, sie bis tief hinein völlig ausfüllt und sie sich ihm mit geschlossenen Augen hingibt.

Sie spürt seinen schweren Körper auf sich, seine warme Haut, sein hartes, pulsierendes Glied tief in sich, und wie er zuckt, während er ihr heftig ins Ohr atmet und ihre Arme streichelt, ihre Hände anfasst und sie die Finger kreuzen, er sie so festhält und hart in ihr erzittert ... »Hey ...? Shhiii...! Nicht in mir drin ...«, keucht sie unter ihm und ... im letzten Moment zieht er seinen harten Penis raus und spritzt ihr über den Hintern und Rücken. Er atmet schwer und kniet hinter ihr. Sie dreht sich halb um, fasst sich an den Po, lacht und streicht sich sein warmes Sperma mit den Fingern von der Haut, schaut ihn provozierend an und leckt sich seinen Saft von den Fingern.

Da schaut er sie erregt an und bewegt sich auf den Knien auf sie zu, sie dreht sich kichernd unter ihm auf den Rücken und lutscht schmatzend noch ihre Finger fertig, als er über ihrem Gesicht kniend seinen harten, verschmierten Schwanz vor ihren Mund hält. »Sei ein gutes Mädchen«, flüstert er mit erregter Stimme, als er ihr seinen fetten, pulsierenden Penis in den Mund zwingt und sie noch mit einem unschuldigen Stöhnen und vollem Mund entgegnet: »Joa, Chef ...« und ihn sauber lutscht.

# 6

## Beim Ausritt

Eine stolze, mächtige Linde steht mitten auf dem weitläufigen Platz, darunter eine Sitzbank und daneben ein langer Steinbrunnen, in dem das Wasser gleichmäßig vor sich hinplätschert. Der edle Baum wirft einen willkommenen Schatten über einen Teil dieser offenen Verbindung zwischen den angrenzenden Gebäuden eines Reiterhofes. Auf der einen Seite führt eine Zufahrt auf den Platz, die anderen drei Seiten sind mit einem Landwirtschaftsgebäude, dem Haupt- und Wohngebäude und dann noch mit den Stallungen abgegrenzt.

Lisa läuft mit entschlossenen Schritten vom Hauptgebäude über den Platz in Richtung Stallungen. »Mel, wo ist Peter?«, ruft sie einem Mädchen in Reiterkleidung zu. Mel lässt vom Hund ab, den sie gerade gekrault hat, und deutet durch das offene große Tor nach drinnen »Peter ist bei Merkur, er wartet auf dich.« Lisa nickt und läuft mit der Arzttasche in den Stall, biegt zielbewusst ab und erreicht die Box von Merkur, einem Pferd, das sie behandeln soll.

Als sie in die Box eintritt, sieht sie Peter, einen erfahrenen Pferdepfleger des Gestüts, bei Merkur knien und einen jüngeren Mann auf der anderen Seite in der Box stehen. Sofort wendet sie sich dem Pferd zu, das auf dem Boden liegt und dessen Kopf an den Oberschenkel des Pflegers gelegt ist.

»Wer ist das?«, fragt Lisa, ohne den Blick vom Pferd zu nehmen, während sie die Tasche vor sich auf den mit Stroh bedeckten Boden stellt und öffnet. Peter weiß um Lisas Sorgen um das Pferd, weswegen er sich an ihrem zackigen Ton nicht stört. »Das ist Tobias, er hat mir eben geholfen mit Merkur. Er scheint gerade etwas ruhiger ... Etwas weniger Schmerzen zu haben, also Merkur.«

Lisa nickt und greift in die Tasche, macht ihre Handgriffe am Pferd und fragt bei Peter weiter nach: »Und was will der Tobias hier? Du weißt, dass ich es nicht mag, wenn Fremde sich einfach unseren Pferden nähern. Wir brauchen keine Hilfe, wir machen das selbst.« Bevor Peter darauf antworten kann, schaltet sich Tobias mit einem amüsierten Lächeln ein: »Sie müssen Lisa sein, nach dem, was ich so von Selina gehört habe. Sie nimmt hier Reitstunden und ich fahre sie jeweils her.« Er beugt sich nieder, geht in die Knie und streichelt sanft die Hüfte des Pferdes vor ihm. »Und ich habe Peter nur die Tür aufgehalten und den Eimer rausgezogen; es ihm etwas einfacher gemacht, sich um das Pferd zu kümmern. Es schien, als ob das Pferd sehr unberechenbar zu werden drohte.«

»Aha? Ein Pferdeflüsterer?«, sagt Lisa mit scharfem Ton und richtet den Blick auf Tobias.

Er tätschelt das Pferdebein nochmals sanft, bevor er die Hand zurückzieht und Lisa ihren leicht genervten Blick wieder dem Pferd zuwendet.

»Dann reiten Sie selbst auch?«, fragt Lisa ihn, während sie mit Peter dem Pferd etwas verabreicht und den Hals von Merkur streichelt. »Nein, also ich bin früher geritten, aber die letzten Jahre bin ich nicht mehr dazu gekommen«, antwortet Tobias.

Lisa reicht ihm einen Desinfektionslappen. »Können Sie den kurz halten? Nicht fallen lassen, der muss sauber bleiben!« Er nimmt den Lappen und nickt, während er zusieht, wie Lisa das Pferd verarztet.

Sie war nach dem Tiermedizinstudium erst vor einem Jahr auf das Gestüt ihrer Eltern zurückgekehrt und führt es nun zusammen mit ihrer Mutter. Eigentlich hätte sie auf Reisen gehen wollen, um etwas von der Welt zu sehen, aber ihrem Vater ging es nicht gut und das Gestüt liegt auch Lisa viel zu sehr am Herzen, als dass sie es nicht hätte übernehmen wollen. Nicht zuletzt, um damit ihren Vater zu entlasten.

Sie greift sich den Lappen erneut und schaut zu Tobias hoch. »Danke«, sagt sie deutlich ruhiger. Nach der kurzen Behandlung streichelt sie das Pferd zärtlich, redet ihm gut zu und wendet sich dann an Peter. »Danke dir, Peter! Ich denke, er ist jetzt stabil und ... Wenn du dich noch etwas um ihn kümmern könntest? Ein Auge auf ihn hast heute Nachmittag?«

Peter lächelt und nickt. »Natürlich, ich passe gut auf ihn auf.«

»Selina nimmt Reitstunden hier, sagten Sie?« Lisa packt die Tasche und verlässt die Box.

Tobias begleitet sie aus dem Stall und antwortet: »Ja genau, erst seit kurzem, da wir noch nicht so lange hier in der Gegend wohnen.«

Nebeneinander gehen sie durch den Innenhof über den Platz an der Linde vorbei. »Ja, ich weiß jetzt, wer Selina ist, sie war auch schon in einer Reitstunde bei mir ... Wollen Sie nicht zusehen gehen?«, fragt Lisa und blickt ihn an. »Das tue ich meistens, aber heute macht die Gruppe einen Ausritt«, erwähnt Tobias lächelnd, als sie beim Haupthaus ankommen.

Lisa dreht sich zu ihm und sagt: »Dann ist Selina Ihre Tochter?« Tobias winkt lachend ab: »Nein, meine kleine Schwester.«

»Aha!« Lisa schaut ihn nun freundlicher an. »Ich bringe die Tasche hinein und ... Wenn Sie wollen, können wir danach zu zweit einen Ausritt machen. So müssen Sie nicht untätig hier warten, bis Selina zurückkehrt.«

»Wenn es Ihre Zeit erlaubt? Aber wie gesagt, ich bin länger nicht mehr geritten«, erwidert Tobias. »Kein Problem«, antwortet Lisa jetzt spontan per Du. »Mit deinen Kleidern bist du okay? Die Schuhe schauen stabil aus oder magst du was anprobieren? Wir versuchen es dann gleich mit Pata Negra ... Dann sehen wir, was du noch draufhast ...« Sogar ein erstes Lächeln huscht über ihr Gesicht.

Sie ist bereits durch die offene Tür ins Treppenhaus verschwunden, als Tobias ihr noch seine Antwort hinterherruft: »Nein, alles gut mit dem, was ich trage ...« Er kratzt sich mit einer Hand am Hinterkopf und stellt sich gerade ein Pferd vor, das Pata Negra heißen könnte ... Und was das wohl für eine Vorstellung in Lisas Kopf war, wie er auf Pata Negra aussehen wird, dass sie dermaßen schadenfreudig grinsen musste. Sie ist süß, findet er.

Einen kurzen Augenblick später schreitet Lisa durch die Tür und an ihm vorbei, in ihrem Polo-Shirt, der hellen beigen Reiterhose mit Ledereinsatz und den braunen Stiefeletten, aus denen Karosocken in Blautönen herausragen, farblich passend zum hellblauen Shirt. »Na? Wollen wir?« Ihre gute Laune lässt ihn mit fragendem Blick zurück. Ist das jetzt die liebenswerte Zwillingsschwester? »Ehm, ich warte auf Lisa ... Sie müssen sie gesehen haben, sie ging eben erst durch diese Tür ins Haus hinein, die etwas mürrische, gestresste Tierärztin«, scherzt er ihr nach und erntet den Mittelfinger hoch in die Luft gestreckt, ohne dass sie sich dazu umgedreht oder ihren Gang verlangsamt hätte.

Pata Negra ist ein kräftiger Apfelschimmel mit schwarzen Beinen von den Hufen hoch bis zum Bauch. »Was hat der für ein Stockmaß?«, fragt Tobias, als Lisa dem Hengst eine Decke über den Rücken legt. »Und hat er heute schon was gegessen? Er ist doch zahm, oder?«

Das Pferd schnaubt just in dem Moment, als ob es ihn verstehen würde und ihn gleich noch etwas einschüchtern wollte.

Lisa streichelt ihn sanft und sagt: »Pata Negra ist der Beste! Er ist ganz lieb ... Wenn du reiten kannst, lässt er sich problemlos führen.« Mit der Hand an der Schulter des Pferdes schaut sie zu Tobias herüber und erklärt: »Nimm das Treppchen da beim Gatter, zum Aufsteigen.«

Wieder schnaubt das Pferd und riecht mit der Nase am sandigen Boden.

Tobias sieht das Treppchen zum Aufsteigen, aber er schaut nochmals zu Lisa und fragt: »Und ... einen Sattel?« Lisa schaut ihn ruhig und aufmunternd an. »Komm, wir versuchen es hier auf dem Sandplatz mal ohne ... Gebisslos und nur mit Decke, versuch es, wenn es nicht geht, hole ich einen Sattel.« Sie hat noch nicht ausgeredet, da steht Tobias schon auf dem Treppchen, lächelt sie mit leichtem Kopfschütteln an und schwingt sich aufs Pferd. »Wie treibst du an?«, fragt sie ihn, hört ihm zu und erklärt ihm dann, wie er es nun ohne Steigbügel versuchen soll.

Er dreht auf dem Pferd seine Runden und geht nacheinander vom Schritt in den Trab und in Galopp. Mit ihren Anweisungen funktioniert es wunderbar und er bestätigt ihr, dass es sich wirklich nach echtem Reiten anfühlt. Er strahlt sie glücklich an und ihr Gesicht hat in diesem Moment einen sehr friedlichen, sinnlichen Ausdruck, der ihm besonders gut gefällt. Während er nochmals einige Runden allein dreht, holt sie sich ihr Pferd aus dem Stall, schwingt sich gekonnt hoch und die beiden reiten los.

Auf Feldwegen reiten sie durch weite, duftende Sommerwiesen, bis sie nach einer ganzen Weile und vielen wunderschönen Landschaften an einem etwas erhöhten Waldrand abseits des Weges ankommen. Lisa hält ihr Pferd an und rutscht von dessen Rücken, schwingt die Zügel über einen tiefgelegenen Busch, sodass sie sich gut verhaken, und das Pferd beginnt sofort, auf der Wiese zu grasen. Lisa streckt sich und läuft etwas weiter am Waldrand vor. »Siehst du diese Aussicht? Bis zum kleinen Fluss da unten? Dieser Platz ist ein Paradies.«

Tobias rutscht etwas holpriger vom Rücken seines Pferdes als zuvor Lisa, macht es ihr dann aber mit den Zügeln nach und läuft zu ihr hin. »Ja, es ist ein Paradies, Lisa. Es gefällt mir sehr hier, danke, dass du mich hierhergebracht hast.«

Sie setzen sich ins halbhohe Gras; er lässig auf seine Ellenbogen gestutzt, sie hockt aufrecht und hat ihre Arme um die angezogenen Knie gelegt. Tobias betrachtet sie von hinten und fragt: »Hier bringst du wohl immer die Jungs her, die dir besonders viel bedeuten?«

Lisa dreht sich grinsend zu ihm um und gibt ihm einen sanften Klaps auf sein Bein. »Was geht dich denn das an? Was sind das denn für Fragen? Wer denkst du denn, wer du bist?« Der Klang ihrer Stimme ist belustigt und sie stößt ihre Hand noch einige Male in seine Seite, während er lacht und sie zu fassen versucht. »Na, hahaha … Hör auf …«, grunzt er, und als sie aufhört, fügt er hinzu: »Also, wenn ich so einen wunderschönen Platz kennen würde, hätte es dieser Ort sein müssen für mein erstes Mal.«

Plötzlich trifft die Erkenntnis ihn wie ein Blitz, als er sie von der Seite anschaut und sie etwas betroffen und gedankenabwesend in die Ferne blickt: Diese junge, wunderschöne Frau hat entweder ein schlimmes erstes Mal erlebt ... oder sie hatte es noch gar nicht.

Tobias knipst mit den Fingern ein langes Gras vom Halm und kitzelt Lisa damit am Arm. Als sie es kichernd wegwischt und ihr Gesicht zu ihm dreht, kitzelt er sie dort, bis sie ihm das Gras aus der Hand nehmen will. Ein kurzes, spielerisches Gerangel und er liegt oben auf Lisa drauf. »Hey, lass mich los«, sagt sie und sofort lässt Tobias ihre Handgelenke los, stützt sich neben ihr aufs Gras, rutscht seitlich von ihr und betrachtet sie. »Danke«, sagt Lisa und schaut an sich runter, richtet ihre Kleider, obwohl es nichts zu richten gibt.

»Ich wollte dir nicht zu nahe treten mit der Fragerei«, sagt Tobias lächelnd. »Vielleicht ein bisschen necken, aber ... Ach, es war dumm von mir.« Lisa schaut ihm in die Augen. »O ja, sehr dumm!«, erwidert sie und beginnt dann zu lachen. »Ach, schon okay, es ist ... Vergiss es einfach.«

Tobias musterte sie weiter und mit sanfter Stimme sagt er: »Ich finde, du bist eine wunderschöne Frau, sehr attraktiv, sehr temperamentvoll.« Lisas Blick wird weicher und ihre Augen wandern verlegen von seinen Augen weg und sofort wieder zurück. »Du machst mich nervös, weißt du das?«, sagt sie leise. »Ich finde, das steht dir gut; deine sanfte, schüchterne Seite« sind seine Worte, während er ihr das Gesicht streichelt und eine Strähne hinter ihr Ohr streicht. »Ach was. Ich weiß gar nicht, warum ich hierhergekommen bin und wir in so eine Situation kommen.« Sie blickt ihn an, lächelt ihn an, doch ihre Augen schauen immer noch unsicher.

»Du hast keinen Freund, stimmts?«, fragt Tobias mit ernster Miene, aber mit einfühlsamer Stimme. Lisa blickt ihn nur an.

»Du hast studiert, warst eine fleißige Schülerin, liebst Pferde und warst viel lieber bei den Tieren als auf Partys ... Und zack bist du in der Verantwortung, ein Gestüt zu führen, und hast daneben für nichts anderes Zeit.«

Sie liegt auf ihrem Rücken im Gras und schaut ungläubig, aber ruhig zu ihm hoch, während er sich etwas über sie beugt. »Die Mädels bewundern dich, Selina hat zu Hause von dir erzählt ... Den Rest kann ich mir zusammenreimen.«

Wer ist dieser Typ? Kann er in meinen Kopf hineinschauen? In mein Herz? Lisa spürt, dass sie nervös wird und es sich ungewohnt anfühlt; nicht, dass es sich übel anfühlt, aber es ist kein Gefühl, das sie einordnen oder kontrollieren und kanalisieren kann. Es ist ein Gefühl, das sich einfach ausbreitet in ihr und sie irgendwie lähmt.

»Und jetzt lachst du gleich über diese unerfahrene, unfreundliche Zicke, die es noch nie gemacht hat, in einem Alter, wo andere schon Familie und Kinder haben? Mach ruhig ...«

Ihr Blick ist einerseits trotzig, aber auch sehnsüchtig und neugierig. »Nein, Lisa ... Es berührt mich. Ich habe das nicht erwartet, das stimmt. Und auch nicht, dass wir ausreiten und unsere Unterhaltung an solch einem Ort eine solche Wendung nimmt.« Lisa wirkt etwas gefasster, lächelt sogar, als sie den Kopf leicht zur Seite neigt und ihre Augenbrauen hochzieht. »Wie berührt ...?« Tobias lächelt zurück und küsst sie zärtlich auf die Lippen.

»Schön, dass du lächelst, Lisa.« Ihr Herz pocht schneller. »Und was war das jetzt? Der Kuss? Du hast doch bestimmt ...?«, fragt Lisa leise. »Eine Freundin? Nein, habe ich nicht. Ich kenne hier ja kaum jemanden.« Ihre Augen leuchten erleichtert, als sie ihn anblickt, mit ihren Händen wie zum Gebet auf ihrem Bauch gefaltet. »Gut!«, flüstert sie und lächelt.

»Denkst du wirklich nicht, dass ich verrückt bin? Oder irgendetwas mit mir nicht stimmt?«

Mit süßem, ehrlich erleichtertem Augenaufschlag blickt sie in seine Augen. »Nein«, antwortet Tobias. »Es gibt doch kein Richtig oder Falsch. Es gibt nur den eigenen Weg eines jeden ... Und es begegnet einem der richtige Partner vielleicht früher oder halt später.«

Tobias lehnt neben Lisa seitlich auf einen Ellenbogen gestützt und sie hört seinen Worten zu. Langsam erhebt sie sich etwas, legt ihre Hand an seine Brust und kuschelt ihr Gesicht an ihn und ihre Hand.

»Und weißt du: Ich denke, es gibt viel mehr üble Erfahrungen, die auf einen warten ... Als die schönen ersten Male, die man sich eigentlich vorstellt und wünscht.« Lisa nickt und lächelt. »Du bist süß«, flüstert sie, »aber ich bin trotzdem eine krasse Verrückte ... und werde vielleicht eine unberührte, alte Jungfer ...« Beide lachen und sie kuschelt sich noch etwas näher an Tobias heran. »Das wirst du ganz bestimmt nicht«, sagt Tobias und richtet sich auf.

Beide sitzen nebeneinander im Gras. Seine Hand gleitet um ihren Nacken, während er ihr Gesicht dem seinen nähert und sie zärtlich küsst. Ihre Blicke treffen sich und Lisa fühlt, dass sie in den Augen von Tobias versinken könnte, vor Glück, vor Sehnsucht, vor Nervosität. »Also geküsst habe ich dann ja schon mal, gell«, kichert sie und beide lachen, während Tobias um ihre Taille fasst und ihr das Polo-Shirt hochschiebt.

Sie senkt plötzlich ihre Arme und flüstert unsicher lächelnd mit einem Augenaufschlag: »Wir ... haben uns gerade mal vor zwei Stunden kennengelernt ... Meinst du nicht, dass ...« Doch er unterbricht ihre Worte mit einem zärtlichen Kuss auf ihre Lippen. Gleich nach dem Kuss antwortet er: »Nein, du hast viele Jahre auf den richtigen Moment gewartet, du warst geduldig ... Nicht, ob wir uns erst vor zwei Stunden begegnet sind, zählt, sondern ob du den Moment für den richtigen hältst ...« Und nach einem Zögern, um ihr Zeit zum Überlegen zu geben, hebt er ihr Polo-Shirt vorsichtig wieder an ... Diesmal streckt sie ihre Arme hoch, sodass er ihr Oberteil abstreifen kann. Sie trägt keinen BH, deshalb legt sie sich ihre Arme sogleich vorne über ihre Brüste, hält sich an ihren Ellenbogen und lächelt ihn an.

Er betrachtet sie unverhohlen und atmet vor Erregung etwas schneller, während er sein Hemd auszieht und es auf dem Gras ausbreitet. »Komm ... Leg dich hier drauf.« Er hilft Lisa auf sein Hemd, sie küssen sich, er streichelt sie sanft und sie beginnt seinen nackten Oberkörper zu berühren und zu streicheln.

Tobias spürt, wie fordernd sie ihn küsst, aber auch, dass sie nicht ganz unerfahren ist, was küssen und rummachen angeht.

Lisa betrachtet ihn lächelnd, als er sich über ihren Bauch neigt und ihn küsst, mit seinen Händen an ihrer Hüfte die Hose langsam etwas nach unten zieht, nachdem er sie ihr geöffnet hat. Immer wenn er sie anschaut und sich dabei etwas aufrichtet, kann sie seinen schönen, kräftigen Oberkörper ansehen. Es löst ein Kribbeln bei ihr aus, sie wünscht sich, dass er sich auf sie legt, damit sie ihn anfassen kann. »Mhmm ...« Sie legt den Kopf in den Nacken, als sie seine leidenschaftlichen Küsse spürt, er ihre Hose samt Slip über die Hüfte runterzieht und die Küsse langsam in die heiße Zone kommen. Lisa windet sich leicht in seinen Händen und unter den Küssen, weil dieses wohlig warme Gefühl sich in ihrem ganzen Körper ausbreitet. Als sich seine weiche Zunge innen an ihrem Schenkel ihrer duftenden Blume nähert, legt sie eine Hand auf sein Haupt, schaut mit verklärtem Blick in seine Augen und haucht: »Bist du auch vorsichtig?«

»Ja, ich bin ganz zärtlich, ganz sanft, keine Angst, meine Süße«, antwortet Tobias mit ruhiger Stimme. Schon gleitet seine weiche Zunge über ihre sensiblen, zittrigen Schamlippen und löst ein heftiges Feuer in Lisas Lenden aus. Ihre Hand fasst ihm fest ins Haar, als sie ihren Rücken wölbt und stöhnt. Tobias küsst ihre zarte, warme Vagina und spielt mit seiner Zunge an ihren pinkfarbenen feuchten Schamlippen, erhebt sich dann und kommt langsam, aber bestimmt zwischen ihren Schenkeln hoch, bis er über ihr liegt.

Seine Hose öffnet er flink und schiebt sie sich mitsamt der Boxershorts über seinen Hintern runter. Eine Hand stützt er neben ihrem Kopf ab, mit der anderen führt er sein hartes Glied an ihre weiche, warme Muschi, streichelt mit der prallen Eichel an ihren zuckenden Schamlippen auf und ab und betrachtet Lisa, wie sie mit geschlossenen Augen in Erwartung des Aktes vor ihm liegt und stockend atmet, immer schneller. Tobias sinkt langsam auf ihren Körper nieder, drückt sein Glied sanft etwas in ihre entblößte Ritze und genießt, wie es sich anfühlt. Sofort spürt er, wie Lisa die Knie etwas anzieht und den sanften Druck ihrer Schenkel gegen seinen Körper, die sich schützend schließen wollen. Langsam und nicht zu tief bewegt er sein Becken gegen sie und lässt ihrer Vagina Zeit, sich immer weiter zu dehnen, zu öffnen und seine Größe zu nehmen.

Lisa atmet schneller, stöhnt unschuldig und verletzlich, was Tobias extrem anmacht und seinen Penis weiter anschwellen lässt. Er stößt sachte zu, während Lisa ihn beim Haar am Hinterkopf zurückzuziehen versucht und eine Hand an seine Brust legt.

Tobias verlangsamt seine Bewegungen, bis Lisa die Augen etwas öffnet, zu lächeln versucht, ihm süß ins Gesicht flötet: »Mach weiter, bitte ...« Sogleich schließt sie ihre Augen wieder.

Er fühlt, dass sein Glied tiefer in ihrer Vagina plötzlich anstößt und Lisa mit einem leisen Aufschrei zusammenzuckt. Aber gleichzeitig schließen sich ihre Schenkel fester um ihn und die Hand in seinem Nacken zieht ihn zu ihr herunter.

Fest umschlungen bewegen sich ihre Körper aneinander, die Haut sanft liebkost vom warmen Sommerwind, der unregelmäßig durch die Gräser zu ihnen schwappt. Tobias stößt fester zu, Lisas Finger bohren sich in seine Schultern und mit einem erneuten, lauteren Aufschrei wirft sie ihren Kopf in den Nacken. Ihr Häutchen ist gerissen und Tobias Herz rast wie wild, während er diese wunderschöne, verletzliche Frau unter sich betrachtet, die sich ihm hingibt und die er in diesem Moment mehr begehrt als alles andere.

Er verharrt einen Augenblick und lässt Lisa sich an dieses Gefühl, diesen lustvollen Schmerz gewöhnen, bevor er sich wieder langsam und gleichmäßig auf ihr bewegt. Mit einem gefühlvollen, verliebten Lächeln öffnet Lisa ihre Augen. Tobias flüstert: »Soll ich ihn rausziehen?« Und mit einem Stöhnen fragt Lisa zurück: »Wenn du kommst, meinst du?«

Tobias stößt weiter und fordernd zu und keucht: »Ja, oder möchtest du es spüren? Wenn ich abspritze?«, worauf Lisa lächelnd fragt: »Hm, wenn es sich gut anfühlt?« Tobias wird schneller und härter: »Oh jaaah, und wie gut ...« Er kann es kaum zurückhalten und senkt sein Gesicht zu ihrem, um sie zu küssen, während sie sich lieben ... und sich miteinander vereinen ... und zum Höhepunkt kommen.

## 7

## Ferien im Hotel

»Nimmst du ein Buch mit?« Jessica zieht sich auf die Frage ihrer
Mutter einen Stöpsel aus dem Ohr und schaut von ihrem Koffer
auf. »Nein, vielleicht morgen«, antwortet sie und legt sich einige Dinge auf dem Bett zurecht. »Was denkst du, soll ich diesen
Bikini tragen?«, fragt sie ihre Mutter, die sich die Sonnenbrille
anhebt und das Kleidungsstück prüfend anschaut. »Der ist sehr
hübsch, steht dir gut, ja ... Aber vergiss nicht, noch ein Strandkleid mitzunehmen, falls es kühler werden sollte.«

In der offenen Tür vom Gang zum Hotelzimmer erscheint
der Vater. »So? Hast du dich eingerichtet? Wenn du noch etwas
aus unseren Koffern brauchst, könntest du eine unserer Kar-
ten haben, für unser Zimmer ...« Aber Jessica winkt ab. »Danke, Papa, das ist, glaube ich, nicht nötig. Ich habe alles.« Vater
und Mutter stehen im Zimmer der Tochter beieinander, während sich Jessica eine Strandtasche füllt und dann ihren Bikini vom Bett aufnimmt. »So, ich zieh mich dann um, sehen wir
uns unten am Pool?«, fragt sie, während sich Vater und Mutter
in Richtung Tür bewegen. »Vielleicht machen wir gleich mal
einen Strandspaziergang?«, schlägt der Vater vor, worauf die
Mutter entgegnet: »Also ich werde mich erst mal gemütlich am
Pool einrichten ... Den ersten Feriendrink nach der Ankunft,
ein Buch ... Aber du kannst gerne den Strand erkunden, wenn
du magst.« Sie lächelt ihren Mann an und ruft beim Verlassen
des Zimmers über die Schulter in Richtung ihrer Tochter: »Wir
sehen uns unten, Schatz ...« Und die Tür schließt sich.

Jessica braucht noch einen Moment, macht sich hübsch im Badezimmer und geht danach auf den Balkon, um die Ferienan-
lage von oben zu begutachten. Das Hotel ist wie ein L um den
Poolbereich gebaut, der verschiedene Becken zu bieten hat, un-

terteilt durch begrünte Flächen mit Liegestühlen, die alle Richtung Meer ausgerichtet sind. Zwischen den verschiedenen Pools sind immer wieder kleine Imbissstände oder Bars platziert. Auf der linken, offenen Seite befinden sich die Bungalows, die durch kleine gewundene Wege verbunden und durch Palmenhaine voneinander getrennt sind. Jessica lässt ihren Blick vom Pool über den dahinter liegenden breiten Sandstrand schweifen, an dem sich das türkisfarbene Meer in kleinen Wellen bricht. Sie atmet die wundervolle Meeresluft tief ein und lässt das Feriengefühl endgültig Einzug halten.

Vom Aufzug her durch die Lobby laufend, betritt Jessica den Poolbereich, streng und hübsch frisiert, die Sonnenbrille auf der Nase, in bequemen Strandlatschen und ihrem Lieblingsbikini, das Strandkleid über dem einen Arm, die Strandtasche über dem anderen.

Da sie bereits vor dem Wochenende angereist sind, ist das Hotel noch nicht übervölkert, aber trotzdem ist es jetzt von hier unten gar nicht so einfach, den Überblick zu haben.

Die beschwingte südländische Musik ist dezent, aber überall präsent und lässt Jessicas Hüften beim Gehen mehr als sonst schwingen. Sie hält zweimal inne, schaut sich um, bis sie sieht, wie ihre Mutter sich auf einem der Liegestühle aufsetzt und ihr zuwinkt. Jessica läuft zu ihr und richtet sich auf der Liege neben ihrer Mutter ein.

»Ist es nicht herrlich?« Ihre Mutter nippt am Halm ihres Drinks und strahlt totale Glückseligkeit aus. »Und Papa?«, fragt Jessica und schaut sich um, während sie sich auf der Liege sitzend mit den Händen über ihre Beine streicht. »Ach, du weißt doch ... Kann nie lange ruhig sitzen. Er wird wohl am Strand sein, bis er alles abgelaufen hat und weiß, was wo ist ... Du kennst ihn ja.« Jessica nickt und lächelt. »Und was hast du bestellt?«, fragt sie ihre Mutter, die gerade nochmals genüsslich am Halm nippt. Während ihrer Frage hebt Jessica ihre Hand und neigt den Kopf in Richtung eines jungen, attraktiven Mannes, der gerade an ihnen vorbeiläuft.

Ihre Mutter schaut ihren Drink an, braucht einen Moment, bis sie antwortet und versucht sich, an den Namen des Getränks zu erinnern, das ihr vom Kellner empfohlen wurde. Da der junge Herr seinen Schritt nicht verlangsamt, wackelt Jessica mit ihren Fingern. »Sorry? Ich würde gerne etwas bestellen.« Da hält der Mann inne und dreht sich zu ihr hin, wo er mit einem Lächeln empfangen wird. »Ma? Dein Drink heißt wie?«, flötet Jessica in Richtung ihrer Mutter, während sie den jungen Mann weiter anlächelt. »Ach, Jessi-Schatzi, Cali... Calimera ...? Ich weiß es nicht mehr.« Ihre Mutter schüttelt den Kopf, aber der junge Mann nickt mit einem Lächeln. »Das dürfte ein Sunny-Calipso sein. Eine Spezialität des Hotels«, womit er die zwei Damen zum Strahlen bringt und die Mutter ihm zustimmt: »Genau der ist es!«

»Ich werde dem Kellner mit Vergnügen sofort Bescheid geben, einen Sunny-Calipso für ... Jessi-Schatzi.« Mit einem charmanten Lächeln will er sich abwenden, als Jessica nachhakt: »Moment, dem Kellner Bescheid geben? Und Sie arbeiten nicht hier?«, worauf ihre Mutter sich einschaltet: »Nein, Jessica, du musst auf die weißen Shirts mit dem Hotelschriftzug achten ...« Der junge Mann nickt Mutters Kommentar bestätigend ab, während Jessica laut lacht und sich entschuldigend die Hand vor den Mund hält. »Oh, tut mir so leid, ich ... Wie kann ich das gutmachen?« Darauf dreht sich der Mann wieder ganz zu ihr um und sagt: »Ich denke, das würden Sie mehr als wiedergutmachen, wenn Sie sich für diesen Drink von mir einladen lassen und mir Gesellschaft leisten.«

Jessica gefällt, wie er sie anblickt, seine Augen haben eine sofortige, tiefe Wirkung auf sie, genauso wie seine Stimme und seine ganze Erscheinung. Das fängt ja gut an, denkt sie sich und richtet sich weiter auf. »Das wäre sehr schön, danke ... Aber wenn meine Mutter meinen Namen schon verraten hat, möchte ich deinen Namen ebenfalls wissen.« Er streckt ihr die Hand hin, mehr um ihr galant hochzuhelfen, aber auch um sich vorzustellen. »Sergio, freut mich«, sagt er und nickt auch der Mutter höflich zu, bevor er ihre Tochter zur nächsten Bar entführt.

Jessica lässt sich einen Barhocker anbieten und betrachtet dann Sergio genüsslich von hinten, während dieser mit dem Barkeeper spricht und ihnen zwei Drinks bestellt.

»Du kennst die Angestellten gut? Bist du schon lange hier? Oder schon öfters in diesem Hotel abgestiegen?«, fragt Jessica, als sich Sergio wieder ihr zuwendet. »Ich bin gestern Abend angekommen und es ist das erste Mal, dass ich hier als Gast bin, Jessica«, lächelt Sergio ihr zu. »Aha, dann gehst du sehr offen auf Menschen zu, wie ich merke ... Du knüpfst sehr einfach Kontakte ...« schätzt Jessica ihn ein und Sergio lacht. »Ja, eigentlich schon ... Aber es gibt noch einen anderen Grund dafür.«

Er neigt sich bei diesen Worten etwas nach vorn zu ihr und setzt eine verschwörerische Miene auf, als ob dies niemand sonst hören dürfte: »Ich habe früher hier gearbeitet.« Jessica lacht fröhlich auf. »Und das sagst du mir erst jetzt? Dann lag ich ja doch nicht so ganz daneben, als ich bei dir bestellen wollte ...« Sergio nickt und greift zu den Drinks, die soeben fertig zubereitet und auf die Bar gestellt wurden.

»Genau. Ich habe mir damals gesagt, dass ich selbst hier einmal Ferien machen will als Gast, sobald ich es mir leisten kann«, führt er weiter aus und reicht ihr einen der beiden Cocktails. »Das verstehe ich, so ein schöner Ort ... Na, das ist doch großartig, darauf stoßen wir an.«

Jessica lächelt ihm zu und sie schauen sich in die Augen, während sie das Getränk probiert. »O ja, dieser Drink ist sehr lecker.«

Nach einer ausgedehnten Plauderei, um sich etwas kennenzulernen, und einige Cocktails später richtet sich Sergio etwas auf und schaut sich um. »Es ist herrlich, wenn noch so wenige Gäste da sind« bemerkt Sergio und fügt hinzu »Das wird sich am Wochenende ändern.«

»Ehm, genau, deshalb sind wir auch schon heute angereist ... Ui, sag mal, war in all diesen Drinks Alkohol drin?« Mit einem zufriedenen Grinsen schaut Jessica ihn an und Sergio lacht. »Ja klar ... Nein, nicht in jedem ...«, sagt er geheimnisvoll, während Jessica ihn gespielt prüfend anblickt und zur eigenen Bestätigung leicht nickt, während sie ihren Drink leert, bis der Strohhalm nur noch Luft schlürft.

»Alkohol bei diesen Temperaturen mitten am Nachmittag? Das wäre nicht die beste Idee …«, sagt Sergio mit liebenswerter und ehrlicher Stimme. »Ich habe dir etwas ganz anderes in deine Drinks geben lassen, damit du mich unwiderstehlich findest«, lächelt er und hebt eine Augenbraue etwas an. Jessica lacht erneut laut auf und legt ihre Hand auf seinen Arm, während sie sich dabei auf dem Barhocker kurz etwas nach hinten lehnt. Sie erkennt, wie Sergio dabei kurz auf ihre Brüste schaut, in ihrem hübschen knappen Bikini, und denkt: Als ob das noch nötig gewesen wäre … Du bist ziemlich süß, mein Lieber!

Ihre Hand liegt immer noch auf seinem Arm, als Sergio mit ihr lacht und dann weiter bemerkt: »Wobei ich mir gerade nicht sicher bin, ob der Barkeeper das Mittel nicht vielleicht aus Versehen bei mir ins Glas gegeben hat … Denn ich finde dich unwiderstehlich, Jessica.«

Die Mutter zieht ihre Sonnenbrille etwas über die Nase runter und schaut aus der Ferne hinüber zur Bar, wo sie gerade ihre Tochter hat lachen hören, sieht die Hand von Jessica auf dem Arm des hübschen Mannes und widmet sich lächelnd und summend wieder ihrem Buch.

»Danke«, flüstert Jessica etwas verlegen, aber erfreut über das Kompliment von Sergio. Nach einem langen Augenblick, in dem sie sich ansehen, ziehen beide gleichzeitig zurück. »So …?«, entfährt es Jessica, während Sergio zeitgleich sagt: »Wollen wir schwimmen gehen? Die Schwimmbecken sind jetzt noch leer und mir ist gerade sehr heiß. Kommst du mit?«

Jessica lächelt, schaut zu ihrer Mutter hinüber und dann wieder zu Sergio. »Ja klar, das ist eine gute Idee.« Schwatzend betreten sie einen der großen, um Palmen und Liegeflächen geschlängelten Pools und tauchen dann erst mal ab. Sie kommen in einer schönen ruhigen Ecke zum Stehen, wo ein kleiner Wasserfall in den Pool plätschert.

»Es ist wunderschön hier, so paradiesisch«, sagt Jessica, während sie mit ausgestreckten Armen und den Handflächen über das klare, warme Wasser streicht und sich langsam zu Sergio dreht. Er wischt sich mit der Hand das nasse Haar von der Stirn nach hinten über seinen Kopf und steht dicht vor Jessica. »DU bist wunderschön!«, erwidert er und legt dabei seine Hände sanft an ihre Hüften. Bevor sie sich versehen, küsst Sergio Jessica zärtlich auf die Lippen.

Mit geschlossenen Augen saugt Jessica die Situation und die vielen angeregten Sinneseindrücke auf; das warme Wasser, das sich kuschelig um ihre Haut schmiegt und spielerisch in kleinsten Wellen um ihre Schulterpartie schaukelt, die sanften Lippen ihres Gegenübers, der den Druck seiner Hände um ihre Hüften leicht verstärkt, sein Atem, der ihr Gesicht zärtlich liebkost, bevor er sie erneut sanft küsst.

Jessica legt ihre Arme um seinen Nacken und stöhnt ihn genüsslich an. Sergio drängt sich näher an ihren Körper heran. Seine Hände lässt er von der Hüfte langsam um ihren runden Po gleiten und mit den Fingern bewegt er dabei ihr Bikinihöschen. »Aaah«, stöhnt Jessica, als ihr Rücken den gekachelten Beckenrand berührt. Sergios Griff um ihren Po wird etwas fordernder und sie küssen sich intensiv mit Zunge, sodass Jessica vor Lust nicht anders kann, als seinen Nacken zu streicheln und ihre Finger an seinem Hinterkopf durch sein Haar gleiten zu lassen. Sergio hebt sie etwas an, was sich im Wasser noch leichter anfühlt, und Jessicas Beine schlingen sich wie automatisch geführt um seine Hüften.

Der Kuss wird intensiver und wilder, beide atmen schneller und Sergio bewegt sein Becken zwischen ihren Schenkeln gegen sie, sodass Jessica seine harte Beule bemerkt und ihr ein erneutes leises Stöhnen entfährt. »Hey, langsam ...«, stöhnt sie ihm lächelnd ins Gesicht und auch er lächelt, ohne aber in der Intensität nachzulassen, in der er sie anfasst, streichelt und küsst. Sie legt ihre Hand an seine Brust und öffnet ihre Beine etwas, um sich leicht von ihm abzustoßen, aber hinter ihr ist der Beckenrand und so kommt sie nicht wirklich von ihm los.

Sergio atmet weiter erregt und schaut sie an. In seinen Augen funkelt das pure Verlangen und Jessica kichert spielerisch, während sie sich weiter an ihm festhält und ihr Fuß unter dem Wasser wieder sein Bein streichelt. »Wir sind hier draußen, im öffentlichen Bereich, wo man uns sehen kann«, flüstert sie ihm zu, während sie sich wieder an ihn drängt und sich in seinen Armen windet, ohne wirklich von ihm loskommen zu wollen. Sie küssen sich erneut leidenschaftlich und diesmal zucken ihre Lenden etwas härter gegen seinen Schoß, als sie fühlt, wie seine Finger sich fordernd in ihr Bikinihöschen drängen. »Es ist kaum jemand da und im Wasser kann das niemand wirklich sehen«, versichert ihr Sergio, als seine Hand unter ihrem Po hindurch an seine Badeshorts fasst und sie einfach so weit hinunterzieht, dass sein hartes, pralles Glied aus der Hose ploppt. »Mhmm.« Der Kuss ist intensiv und heiß, während sie im warmen Wasser spürt, wie sein Glied zärtlich an ihrem Schenkel vorbeistreicht und von unten ihren Po berührt. Jessica hakt ihre Füße hinter seinem straffen Hintern ein und ihre Finger packen sein Haar, während sie sich beide mit leicht bebenden Körpern aneinanderdrängen und erregt keuchend und leise stöhnend küssen.

Auf einmal lässt Sergio wie aus dem Nichts von ihr ab und Jessica schaut ihn an, ihre Hände auf seine Schultern gelegt. »Na, ihr zwei?«, hört sie ihre Mutter, die gerade an den Pool gelaufen kommt, und Jessica dreht sich ihr zu, lässt aber eine Hand auf Sergios Schulter.

Er hat gerade noch Zeit, seinen erregten Penis so gut es geht in die Badeshorts zurückzustopfen, und legt dann seine Hände wieder zärtlich an die Hüften von Jessica. »Ihr seid ja die längste Zeit nicht voneinander losgekommen ... Na, habt ihr euch gut unterhalten?«, fragt die Mutter, als sie mit all ihren Sachen dasteht. »Oh, du gehst hoch?«, fragt Jessica ihre Mutter. »Na, hör mal, es ist langsam Zeit, etwas zu essen, dein Pa macht sich oben noch frisch und wir schauen uns danach mal das Buffet an.«

Jessica lächelt verschmitzt Sergio an und schaut dann wieder zu ihrer Mutter. »Ist es schon so spät? Das habe ich gar nicht bemerkt ...«, sagt Jessica, während ihre Mutter vorschlägt: »Kommt ihr vielleicht dazu? Wir könnten zu viert essen, wenn Sie keine andere Gesellschaft haben, Sergio? Es würde uns freuen ...«

Jessica lächelt, denn sie weiß, dass ihre Mutter das Offensichtliche bemerkt hat und ihr Interesse an Sergio unterstützen, aber ihn natürlich nur zu gerne auch etwas unter die Lupe nehmen möchte.

»Sehr gerne«, bestätigt Sergio wiederum sein Interesse und Jessica streichelt ihm über den Nacken, zieht ihn sogar wieder etwas näher zu sich ran, während sie an die Mutter gewandt sagt: »Ja, wir kommen ... vielleicht etwas später dazu.«

Die Bar, hinter der sich Jessica und Sergio im Wasser vergnügen, ist bereits geschlossen beziehungsweise nicht mehr besetzt. Dafür hat etwas weiter entfernt einer der kleinen Imbisse im Außenbereich erste Gäste bekommen, die nicht drinnen am Buffet essen. Die Stimmen und die Musik dringen bis zu ihnen hinüber, aber niemand scheint auf sie beide zu achten. Wahrscheinlich hat sie noch nicht einmal jemand von dort drüben bemerkt.

Sofort suchen beide im warmen Wasser wieder mehr Nähe, küssen sich erneut und Jessica lächelt, als sie seine stürmischen Hände unter Wasser wieder an ihrem Körper spürt. Es ist wahr, die Zeit ist vergangen wie im Flug, denkt sie, als sie seinen Kopf mit der Hand an ihren Nacken drückt und seine Küsse dort genießt.

Jessica schwelgt in der romantischen Atmosphäre; die Sonne steht nicht mehr hoch, und obwohl es noch nicht dämmert, ist der Poolbereich in eine schattige, ruhige Stimmung getaucht, durchbrochen von einzelnen, orange bestrahlten Fetzen, wo die Abendsonne noch hingelangt. Einige Laternen und Fackeln sind bereits entzündet worden.

Jessica wird durch Sergios forderndes Küssen und Anfassen aus der Träumerei geholt. »Aaah, hey ... Mmhmm ... Was willst du?«, fragt sie, jetzt wieder schneller atmend und erregt.

Er blickt hoch und schaut sie mit lustvollem Blick an. »Dich!«, antwortet er zielgerichtet und selbstbewusst. »Hier?«, stöhnt Jessica leise, weil sie fühlt, dass er bereits wieder total hart ist und ihr das Bikinihöschen schon längst unter Wasser über ihren Po heruntergearbeitet hat.

Sergio hält sich hinter ihrem Rücken mit einer Hand am Beckenrand fest, die andere um ihren Po gelegt, und bewegt seine Hüften stoßartig zwischen ihren Beinen gegen sie. »Ja, hier ... Das ist so gut ...«, keucht er leise, ohne den Blick von ihren Augen zu nehmen.

Jessica spürt, wie ihr heiß wird. Ihre Hände sind um seine kräftigen Schultern gelegt und ihre Finger packen ihn mit aller Kraft, als ihr Unterleib heftig erzittert. Aber sie kriegt keinen Ton heraus und schaut ihn sinnlich flehend an, worauf er mit einem innigen Kuss antwortet und sich ihre beiden Zungen, begleitet von leisem Stöhnen, heftig umeinanderwinden. »Dann ... tun wir es ...«, flüstert Jessica mit pochendem Herzen, voller Lust und gefesselt von dieser prickelnden Situation, im Hotelpool, am Nachmittag, mit Gästen in der Nähe. Sie lehnt sich etwas zurück gegen seinen schützenden Arm in ihrem Rücken, sodass sie sich nicht am Beckenrand kratzt, und schaut ihn lächelnd an.

Sergio schiebt sich mit der freien Hand die Badeshorts wild und fest entschlossen runter, fasst an seinen pulsierenden, harten Penis, und während er ihn zwischen ihre Beine führt, küssen sie sich erneut, zärtlich, sanft ... Dann etwas wilder und leidenschaftlicher, während Jessica ihr Becken immer wieder provozierend zurückzieht, sodass er nicht sofort direkt in sie eindringt und es mehrmals versuchen muss. Dann wird sie selbst so heiß und erregt, dass sie ihre Fersen definitiv hinter seinem festen Arsch einhakt und ihn gegen sich drückt, worauf sein straffes Glied im Wasser sofort in ihre glühende, weiche Muschi eindringt. »Oooaah«, stöhnt sie ihm ins Ohr und beißt sich auf ihre Unterlippe, während sein Atem stockt und er seinen Penis loslässt, wieder um ihren Po fasst und endlich zustoßen darf. Dieser wundervolle, endlos scheinende Moment, wie er sich kraftvoll gegen sie stemmt und in sie eindringt, immer wieder, wie Jessica sich an ihrem Sergio festhält und spürt, wie er sie ausfüllt mit jedem harten Stoß, wie sein praller Schwanz immer dicker wird und sein Stöhnen immer erregter, erfüllt sie mit heißen Glücksschauern, die durch ihren Körper schießen. Jessica atmet schneller und muss kichern, weil sie die warmen, weichen, kleinen Wellen um sie beide herum so süß findet, wie sie spielerisch tanzend ihren heißen, versauten Akt begleiten und es immer heftiger spritzt und platscht.

Ihr Kichern endet sofort, als Sergio seine Stöße genau auf die eine Stelle konzentriert, an der es Jessica gleich den Verstand rauben wird. Sie stöhnt etwas lauter und ihre süße Stimme während dieses Liebesakts bringt wiederum Sergio beinahe um seinen Verstand. Er hält sie fest umklammert und spürt in jeder Faser seines sportlichen Körpers, dass er jeden Moment kommen wird. Ihr Körper reagiert und antwortet leidenschaftlich auf seine Stöße, also dreht er sein Gesicht zu ihr … und sie ebenso. Sinnlich intensiv küssen sie sich, kraftvoll, heiß, zärtlich, und begleiten ihren gemeinsamen Orgasmus im Pool, bis er mit einem erleichterten Stöhnen und total entleert, aber mit einem befriedigten Lächeln langsam ablässt von ihr.

## 8

## An der Bar

»Hier sind wir!«, ruft eine bekannte Stimme in dem Lokal zu ihm
rüber. Er lächelt und geht auf die Gruppe zu. Er begrüßt seine
Freunde und hängt seine Jacke an eine freie Stuhllehne. Tom ist
etwas später eingetroffen als die meisten der Clique, weil er zuvor
seine Freundin noch zum Flughafen gebracht hat; seine Freundin
und ihre Mutter, um genau zu sein, für ein langes Wochenende.

Er kontrolliert nochmals das Handy, wobei er eine sanfte Berührung spürt und sein Mobiltelefon ausschaltet. »Sie wird es
genießen, es wird ihr guttun«, sagte eine Stimme, die zur sanften Berührung passt, wobei er nicht aufsieht, sondern sein Handy verstaut. »Hey, Julie ... Ja klar, ich habe ja auch kein Problem
damit, überhaupt nicht«, sagt er lächelnd und schaut Julie an,
ohne die er seine Freundin gar nie kennengelernt hätte.
   »Wie geht es dir?«, fährt er fort, eine Hand auf die ihre gelegt, mit einfühlsamem Lächeln. »Ha! Lenk nicht ab, mir geht's
prima, Charming, ich spür doch, dass du es nicht gewohnt bist,
dass sie ohne dich wohin geht ... Hahaha«, lacht sie ihm zu.
»Ach komm, ihr seid unzertrennlich, seit ihr zusammen seid,
du kleine Mimose ...«
   Ein weiterer Freund greift über den Tisch und mischt sich
ebenfalls lachend ein, während er sich einige Snacks aus einer
Schale nimmt. »Oh, wo Julie recht hat, hat sie recht, Tommy,
schön, dass du da bist. Wir spielen eine Runde Dart, wenn es frei
ist. Du bist fest eingeplant, okay?« Ohne eine Antwort abzuwarten, erhebt er sich und lässt die beiden am Tisch allein zurück.
   »Es sind fast alle da ... Nein, es sind alle, alle zwölf ... Nur
Mary fehlt«, sagt Tom etwas in Gedanken, während er sich sein
Glas nimmt und einige kräftige Schlucke trinkt. Julie zieht einen Fuß auf den Stuhl hoch und umklammert ihr Knie, wäh-

rend sie hinüberschaut, wo sich die anderen der Gruppe versammelt haben, und mit einem etwas ernsterem Gesicht blickt sie dann zu Tom und fragt ihn: »Wann werdet ihr Kinder haben? Eine Familie gründen? Was läuft bei euch schief, dass ihr damit nicht loslegt?« Sein Gesichtsausdruck ist erst etwas distanziert, dann legt er ein Lächeln auf und nimmt Julie in den Arm. »Aaah ... du magst es nicht erwarten, dass du Patentante wirst, ne? Ach, du weißt, Mary und ich arbeiten und haben beide unsere Pläne, es ist einfach noch nicht die Zeit dafür ...« Nochmals blickt er sie lächelnd an, als ob er das Thema damit als behandelt betrachtet, doch Julie hakt nach: »So ein Scheiß; ich hätte längst Kinder von dir, würde damit nicht warten wollen ... Ich weiß nicht, wenn ich Mary frage, manchmal denke ich ...« Ihre Stimme nimmt einen etwas besorgten Ton an, sodass Tom sein Glas wegstellt und sie anschaut. »Was meinst du? Was ist mit Mary?«, fragt er sie, wobei sie nur abwinkt und das Gesicht wegdreht. Typisch Frau, denkt er; erst ein Thema ansprechen und dann nicht darüber reden wollen.

»Warum wartest du eigentlich? Warum hast du nicht schon Kinder?«, fragt er und zieht die Augenbrauen hoch, als sie ihn etwas vorwurfsvoll anschaut. Julie blickt ihn einen Moment an, lässt ihren Fuß von ihrem Stuhl nach vorne gleiten, genau zwischen seine Beine, sanft, aber direkt in seinen Schritt. Die Fußspitze auf seine empfindliche Stelle gelegt, sagt sie nun mit einem frechen Grinsen: »Ja klar, will ich doch ... Legen wir gleich los?« Beide lachen und erheben sich, um zu den anderen zu gehen, wobei sie ihn noch seitlich knufft und er ihr mit einem sanften Wischer durchs Haar fährt.

Einige Stunden später, als sich die ersten der Freundesgruppe verabschieden, kommt Tom zum Tisch zurück. Er blickt zur Jacke und hält einen Moment inne, wobei er wieder eine sanfte Berührung spürt; wie zwei zarte Finger an seinem Ohr vorbei an seine Wange fassen.

»Neiiin, he! Nicht das Handy«, sagt Julie, die gleich hinter ihm herkam. Er dreht sich etwas stürmisch um und berührt dabei ihren Busen durchs T-Shirt, wobei sie etwas ins Straucheln gerät und er sie mit einer schnellen Bewegung seines Armes um ihre Hüfte festhält.

Sie schaut hoch zu ihm, in seine Augen, und haucht ihm ein »Danke« zu.

Bei der Bemerkung eines weiteren Kumpels aus der Gruppe lassen sie sofort voneinander. »Na, die Pärchen sind, glaube ich, schon alle weg ... Und die Zeiten, wo wir auf Partys wild untereinander geknutscht haben, sind eine Weile her ...« Der Kommentar erntet einige Lacher, wobei sich niemand wirklich an dem Thema aufzuhalten scheint. »Ich geh raus, eine rauchen«, sagt Tom und nimmt seine Jacke. »Ich ... schaue, dass du dabei nicht am Handy hängst«, sagt Julie mit großen Augen und frechem Grinsen.

Niemanden scheint es zu interessieren, jeder ist in Gesprächen oder geht etwas nach, so wie die Gruppe halt oft Zeit miteinander verbringt.

Tom tritt bei der Terrasse aus dem Lokal, etwas erhöht über dem Parkplatz und nahe am im Dunkeln liegenden Spiel- und Grillplatz. Er zündet sich sofort eine Kippe an und läuft auf die eine Couch auf der Terrasse zu, bewegt die zwei zusammengefalteten Decken weg und setzt sich, wobei er den eingeatmeten Rauch geräuschvoll entspannt ausbläst.

Julie kommt mit zwei neuen Fläschchen Bier aus dem Lokal zu ihm rüber. »Ey, für dich ... Ehm, ist gar nicht so frisch, ne? Bräuchte man keine Jacke oder Decke heute Nacht ...«, sagt sie und setzt sich zu ihm auf die Couch, zieht ihre Füße hoch und kuschelt sich wie selbstverständlich in seinen Arm und an seine Brust, während sie sich einen Schluck gönnt. »Ja, ist schön ... Es war sowieso ein sehr schöner Abend bisher.« Dabei nimmt auch er einen Schluck, wobei ihn Julie jetzt von der Seite anschaut. »Was?« Er setzt die Flasche ab und schaut runter. »Soso, ein schöner Abend bis jetzt ... Was hat dir am besten gefallen? Als du mir an die Brüste gefasst hast?« Eigentlich wollte sie gleich cool die Flasche ansetzen, doch »Hey!! Hahaha«, er kneift sie und beugt sich über sie, während sie gerade noch den Minischluck im Mund kontrollieren kann und dann ebenfalls laut lacht.

Einen Moment herrscht danach Ruhe ... Sie betrachtet seine Lippen und er ergreift als Erstes das Wort: »Du trägst keinen BH ...«, worauf es aus ihr rausprustet: »Pfffh ... Das ist ja eine Erkenntnis, willst du kontrollieren? Na?«, fragt sie provokant und er schaut sie gelassen von oben herab an und stellt die Flasche weg. Seine Hand gleitet von ihrer Hüfte unter ihr Shirt, streichelt ihre Brust, wobei es ihr einen Moment den Atem verschlägt ... Sie richtet sich ganz leicht auf bei der Berührung, bevor sie weiteratmet ... und er sich ihr nähert und sie unverblümt küsst. Seine sanften Lippen auf ihren, ihre Hände an seiner Schulter, erst mit Druck, um ihn zurückzustoßen, doch dann gleiten sie über die Schulter und in seinen Nacken, um ihn zu streicheln, während sie sich leidenschaftlich küssen. »Mhmm ...« Er stöhnt leicht auf, während seine Hand ihren warmen, weichen Busen noch heftiger knetet und sich seine Zunge ihr noch weiter in den Mund drängt. Plötzlich atmen sie beide erregt und schneller. Seine Hand gleitet von ihrem Busen runter an die Jeansshorts, öffnet den obersten Knopf und klatsch ... knallt sie mit einer schwungvollen Bewegung ihre Hand in sein Gesicht ... »Warte ... Fuck, was ... Du Arschloch ... Wir, das ... das machen wir auf gar keinen Fall ...«, keift sie flüsternd mit wildem, entschlossenem Blick, zieht sich ihr Shirt runter, steht auf, dreht sich ohne ein weiteres Wort um und geht rein.

Nachdem Tom noch eine Zigarette geraucht hat, geht er ebenfalls wieder hinein, schaut sich erst um, hinüber zur Gruppe seiner Freunde und erblickt auch Julie, die gerade mit zwei ihrer Kumpels spricht. Sie späht in der Unterhaltung kurz zu ihm. Er blickt zu Boden, presst seine Lippen zusammen und geht an die Bar.

Einen Augenblick später steht sie neben ihm und schon das dritte Mal an diesem Abend spürt er ihre sanfte Berührung. »Hey ... Sorry für meine Reaktion, es war ... etwas hart, oder?«, worauf er sich erleichtert zu ihr dreht und antwortet: »Na ... ich weiß nicht, ich fand das Arschloch ziemlich passend ... Aber es war halt ... auch sehr schön ...« Julie blickt gelassen und irgendwie unschuldig zu ihm hoch. »Das ist ja auch total süß von dir ... Danke«, sagt sie, während sie ihre Hände an seine Seiten legt und auf die Zehenspitzen geht, um ihm einen Kuss auf die Wange zu geben, nicht ohne ihm mit sinnlichem Blick in die Augen zu schauen, als sie sich wieder zurück auf ihre Füße senkt.

»Wow ... Was ... war denn das? Ein schlechtes Gewissen, dafür, wie du mich genannt hast? Obwohl ich für das, was ich gerade mache und will ... ein noch viel schlechteres Gewissen haben müsste?« Nun setzt sie sich unter seinen Augen auf den Barhocker neben ihn, blickt erst nach unten, zieht sich ihr Shirt etwas hoch, legt dabei ihren Daumen auf die Ecke ihres Jeansbundes mit dem einen geöffneten Knopf. Dann blickt sie wieder zu ihm. »Irgendwer hat mir die vorhin geöffnet ... Ich weiß nicht, was ich nun damit soll ...?«, sagt sie in süßem Ton.

Tom schaut über ihre Schulter in Richtung ihrer Freunde und lächelt sie dann an. Er kommt ihr näher und während seine Fingerspitzen an der aufgeknöpften Jeans entlangstreicheln, flüstert er: »Also ... Wir sind hier nicht allein, und auch wenn der Kuss echt wunderschön war ... Was hier drin jetzt weitergeht, bringt uns tatsächlich in große Probleme ...« Er schaut sie lächelnd an, spürt selbst, wie ihn die Art erregt, wie sie ihn anblickt. Wie versaut und verboten es sich anfühlt, heimlich an der Bar in die Shorts der besten Freundin seiner Freundin zu fassen.

Während sie ihren Rücken auf dem Hocker noch etwas durchstreckt, wird ihr ganz heiss, weil seine Finger so frech in ihrem Hosenbund stecken. Also schaut sie ihn extra unschuldig und süß an, um ihn herauszufordern. Ohne zu ihren Freunden hinzuschauen, flüstert sie: »Na ... dann müssen wir vielleicht raus hier? Zu deinem Wagen?« Dass sie dabei ihre Schenkel sachte kurz auf und zu wippt, macht ihn gerade total an, und er entgegnet: »Es achtet eh keiner auf uns. Lass uns rausgehen, an der Bar ist es zu gefährlich ...« Als er gerade seine Finger aus ihren Jeansshorts ziehen will, greift sie sein Handgelenk, schaut ihm tief in die Augen und packt ihn so fest und so lange am Arm, bis seine Finger endlich ganz in ihr Höschen dringen ... Mhmm ... »Verdammt, Tom, Du hast eine Freundin ... Würdest du? Echt jetzt?« Während sie ihn prüfend anschaut, spürt er, wie warm und feucht Julie ist ...

Es dreht sich bei ihm im Kopf und er muss überlegen, während sein pulsierendes Glied ganz hart wird ... Er will überlegen ... Aber er kann irgendwie nicht, also berühren seine Finger die warme, feuchte Ritze zwischen Julies Beinen und er stammelt: »Ich ... Ja, ich will es, will dich ... Es ist nichts gegen ... Aber ...«

»Du willst mich wirklich ...? Hm ... Aber sie dürfte niemals etwas davon erfahren ...«, sagt Julie, während sie ihr Becken langsam bewegt, weil Toms Finger in sie eindringen ... Sie rutscht so vom Barhocker runter, dass er sie weiter fingern kann, während sie sich ganz nahe stehen ... »Nein, natürlich darf sie davon nichts erfahren ...«, bestätigt ihr Tom. »Es darf auch niemals wieder passieren ... Verstanden?«, fügt sie hinzu, worauf er, durch sein schnelleres Atmen etwas verzögert, antwortet: »Nein, natürlich nicht, es wird niemals wieder vorkommen ...« Er schaut sie prüfend an »Ist das etwa ... einfach ein Test? Zwischen dem Freund und der besten Freundin?« Seine Frage ist ernst gemeint.

Julie lässt sein Handgelenk nun los und er zieht seine Hand aus dem Höschen ... Er riecht daran und vergisst, dass ihn jemand beobachten könnte. Julie geht an ihm vorbei und sagt, ohne seine vorige Frage zu beantworten: »Folgst du mir? Bis gleich beim Wagen ...« Und sie geht raus ... »Nein, danke ...«, sagt Tom, als der Barkeeper fragt, ob sie noch etwas trinken möchten ... Nein, jetzt gerade bestimmt nicht.


Julie sieht ihn herauskommen und gleich zum Parkplatz auf sein Auto zuschreiten. Sie bewegt sich zwischen zwei anderen Fahrzeugen hindurch und kommt an der Tür zur Rückbank an, lehnt sich dagegen, und nachdem Tom aufgeschlossen hat, packt er ihre Hüfte und küsst sie. Ans Auto gelehnt, gehen sie sofort in einen heftigen, leidenschaftlichen Kuss über. Sie fassen sich an, atmen schneller, stöhnen leise, während sich ihre Zungen in voller Leidenschaft umschlingen und sie gegenseitig an ihren Kleidern zerren.

Einige der Kleidungstücke liegen zerstreut vor der offenen Autotür, als Julie auf der Rückbank kniend ihr Shirt selbst auszieht und Tom sich die Jeans hastig runterstreift.

Er achtet darauf, nicht zu stolpern und stößt sich prompt den Kopf am Autodach, als er durch die Tür einsteigt. Julie lacht, setzt sich und lehnt auf die Ellenbogen gestützt an der gegenüberliegenden Autotür. Tom grinst, aber rollt mit den Augen. »So stürmisch?« Julie lächelt, und während er sich seine Boxershorts abstreift, spürt er ihren zarten Fuß über seinen Oberkörper und seine Muskeln streicheln.

Tom kniet sich richtig hin und packt ihren Fuß, hebt ihn an und küsst ihn, stellt ihn zurück auf die Rückbank und streichelt ihre Beine. Seine Finger gleiten an ihrer Seite empor und unter ihren Slip. Sanft wandern seine weichen Küsse innen an ihren Schenkeln hoch, während ihr Höschen durch seine Finger geführt in die entgegengesetzte Richtung hinuntergezogen wird, beides ausgesprochen langsam und genüsslich.

Julie legt ihren Kopf etwas in den Nacken, schließt ihre Augen und atmet immer schneller, ab und an durch ein erwartungsvolles Stöhnen unterbrochen, gerade wenn seine Küsse bei ihr ein Kribbeln verursachen. Sie genießt es, sich auf das Gefühl zu konzentrieren, wie er sie berührt, mit den Fingerspitzen und den Lippen, während der Stoff ihres Höschens zärtlich über ihre Haut hinuntergleitet.

Sie hatte Tom vor vielen Jahren mal einen Korb gegeben, damals, als er sie wirklich noch nicht sehr interessierte. Außerdem war sie auch enttäuscht gewesen, dass er es nicht weiter versuchte, damals. Dafür entwickelten sie eine Freundschaft in der Gruppe, wodurch sie einander natürlich nah kamen und oft miteinander etwas unternahmen. Mit der Zeit änderte sich das Interesse von Julie an Tom; es wuchs! Nur da war schon Mary an seiner Seite, gerade Mary, die von Julie in die Clique eingeführt wurde ... Aber Mary ist heute nicht da.

Tom stöhnt leise, während seine Hände ihre Hüften festhalten und sie die Knie etwas anzieht. Er befühlt ihre zarte Haut und riecht ihre feuchte Grotte, obwohl er noch immer darum herumküsst und den Moment genießt, sich ihr zu nähern.

Er hat sich über die Jahre, die er und Julie schon im selben Freundeskreis sind, immer mal wieder dabei ertappt, dass er sie mit einer gewissen Erregung betrachtet. Irgendwie schien sie ihm früher unerreichbar, was sie ihn auch hatte spüren lassen, und mittlerweile ist sie für ihn eher wie eine Schwester. Das ist es auch, was ihn in diesem Moment leicht beschämt, aber auch erregt. Außerdem war die Deutlichkeit, mit der Julie es zuließ und sogar bestärkte, für ihn die Bestätigung, diesem heimlichen Wunsch nachzugeben.

Mit purer Leidenschaft und fest entschlossen gräbt er sein Gesicht endlich zwischen ihre Schenkel und wird von ihren heftig erzitternden Lenden empfangen.

Julie legt ihm sofort eine Hand auf sein Haupt, streichelt sein Haar und fasst hinein, während sie sanft gegen sein Gesicht zuckt und spürt, wie seine Zunge tiefer in ihre nasse Spalte eindringt.

Bevor er sie zum Höhepunkt leckt, zieht sie ihn an seinem Haar sanft nach oben, und als er sein Gesicht anhebt, flüstert sie: »Komm, leg dich auf mich.« Sie lächelt ihn an und rutscht leicht in seine Richtung auf ihn zu, sodass sie sich ganz auf die Rückbank legen kann. Tom kniet zwischen ihren aufragenden Knien, sein hartes pulsierendes Glied in der Hand, als er sich langsam über sie beugt und sich auf sie legt. »Ich habe … keinen Schutz …«, keucht er leise. Julies' Schenkel schließen sich bereits um seine Hüfte, sie drängt ihre stoßartig immer wieder gegen ihn hoch. »Lass, ist schon okay … Ich will dich spüren, jetzt.« Tom führt seinen harten Schwanz an ihre feuchte, heiße Muschi und sofort schnappen die weichen warmen Schamlippen zu und Julie zieht ihn mit ihrem Arm um seinen Nacken auf sich runter. Sogleich bewegen sich ihre beiden Körper auf der Rückbank mit der einen offenen Tür gegeneinander, heftiger, schneller. Das Atmen wird gleichmäßig und noch schneller.

Sie packt ihn hart bei den Schultern und ihr Körper spannt sich an unter ihm, fängt Feuer und sie lässt sich in dieses betörende Gefühl aus Lust und Leidenschaft fallen.

Oh, wie gut sich das anfühlt, wenn man sich doch nur öfters so gut mit seinen Freunden, den Mädchen, diesem Mädchen aus der Clique amüsieren könnte, wenn man sich doch so gut versteht, fährt es Tom durch den Kopf, als er stöhnend in Julie eindringt.

Aber wie Julie an der Bar schon sagte: Das darf nie wieder passieren ... Und sie darf nie etwas davon erfahren ... Denn der Grund für seine Gewissensbisse ist ihre Freundin, seine Freundin ... ist »Mary ...!« Tom stöhnt ihren Namen und sie schauen sich in die Augen, Julie und Tom, während sie sich in flammender Leidenschaft weiter aneinander reiben und er immer härter zustößt. Julie keift ihn nicht an wie auf der Terrasse, sondern lacht. »Ich musste auch eben an sie denken ... Mmhmm ...« Tom versteht das jetzt gerade nicht, aber es fühlt sich einfach so unglaublich gut an.

Julie ist manchmal eifersüchtig auf Mary wegen Tom und ertappt sich gerade dabei, während sie ihm in die Augen schaut, wie es ihre Lust noch gesteigert hat, dass Tom den Namen seiner Freundin gestöhnt hat. Julie erregt der Gedanke an den Moment, wenn sie Mary nach dem Wochenende beim Kaffee gegenübersitzen wird, wenn sie plaudern und sich Julie erinnert, wie Tom sie auf der Rückbank gefickt hat ... »Aaah ...« Julie schreit vor Lust und erschrickt über sich selbst, wie geil sie dieser böse Gedanke macht.

Sie leckt an seinem Ohr und spürt, wie er sich verkrampft und gerade unglaublich groß und hart in ihr wird. »Ich werde mich konzentrieren müssen, wenn ich sie nächste Woche sehe ... nicht daran zu denken, wie sich dein Schwanz in mir anfühlt«, haucht sie ihm ins Ohr. »Spinnst du?«, flüstert Tom, lässt aber mitnichten nach und fühlt, wie ihre Muschiwände seinen harten Penis wundervoll sanft quetschen, jedes Mal, wenn er ihn rauszieht, um wieder zuzustoßen.

Julie keucht schneller, lustvoller und grinst. »DU hast ihren Namen gestöhnt ... Willst ihr 'ne Nachricht schreiben, dass du sie gerade vermisst? Oder sie gleich noch anrufen, während ich dir nach dem Ficken deinen Schwanz sauber lutsche?« In diesem Moment stöhnt Tom laut auf und rammt ihr sein dickes, heißes Stück Fleisch tief in ihre feuchte, beinahe wundgefickte Vagina hinein, seine Hand fest um ihren Hals geschlossen, lässt sie widerstandslos zu, dass er in ihr explodiert. »Aaarrh!« Ihre Finger bohren sich in seine Schultern, während sie ihm ins Ohr stöhnt und hart gegen ihn erzittert, als er tief in ihr abspritzt.

Tom lockert den Griff um ihren Hals, lässt sich erschöpft auf sie niedersinken und stöhnt leise. »O Mann, bist du pervers ...« Sie schaut ihn gespielt lächelnd an. »Ach, war doch bloß ein Scherz ...«

Er erhebt sich langsam, setzt sich mit dem Rücken zu ihr in die offene Autotür und greift nach seiner Hose und anderen Kleidungsstücken. Julie betrachtet ihn, seinen Rücken, hält sich ihre Finger sanft an ihre noch zitternde Muschi und weiß, das war definitiv kein Scherz, sondern kam von tief drinnen her zum Ausbruch und erfüllte sie mit extremer Befriedigung.

## 9

## Die Cousine

Leo verharrt hinter einem Busch im Garten, als er die Schein-
werferlichter erspäht, die sich nachts auf der Quartierstraße
über den Asphalt bewegen. Das Auto folgt kurze Zeit später und
fährt langsam vorbei. Noch einen Moment, dann läuft er weiter,
bis an das Haus seiner Nachbarn. Es ist dunkel, mitten in der
Nacht und die Straßenlaternen leuchten nicht bis in diesen Bereich des Gartens. Auch im Haus des Nachbarn ist alles ruhig,
sind alle Lichter bereits seit einer Weile erloschen.

Leos' Augen haben sich bereits so weit an die Dunkelheit ge-
wöhnt, dass er gut ohne Licht das Nötige erkennen kann, außerdem kennt er den Weg. Behände klettert er von dem Veran-
dageländer an der Hauswand hoch bis auf die Balustrade, von
wo aus er einen Blick zum Fenster wirft, welches das Ziel seiner
Kletterei darstellt. Es ist wie gewohnt einen Spalt offen und er
erkennt nun, dass drinnen ein schwaches Licht an ist; wohl das
der Nachttischlampe.

Ohne Lärm zu machen, setzt Leo über bis zur Fensterbank,
sicheren Tritts und mit ruhigen Griffen kommt er an und kniet
sich hin, um das Fenster langsam und leise etwas weiter aufzu-
stoßen. Gespannt horcht er ins Zimmer und hört Geräusche, die
ihn überraschen, aber auch erregen. Ist Emma etwa bereits ...?
Er streckt seinen Kopf sachte durchs Fenster und erblickt zwei
Personen auf dem Bett der Tochter seiner Nachbarn. Er hält
inne und erkennt jetzt klar, wie Emma mit einem anderen Mädchen im gedämpften Licht der mit einem durchschimmernden
roten Seidentuch abgedeckten Nachttischlampe auf dem Bett
kniet – sie küssen sich.

Seit einigen Wochen schon schleicht sich Leo regelmäßig ins
Haus seiner Nachbarn, um sich heimlich mit Emma zu tref-

fen. Sie schreiben sich vorab jeweils Nachrichten, um sich zu verabreden.

Damals, beim eigentlichen Kennenlernen, traf Leo spät auf dem Heimweg auf Emma. Sie kam von einer Feier und ging allein nach Hause. Man kannte sich, mehr vom Sehen als Nachbarn, aber es ergab sich zuvor nie eine Gelegenheit, sich anzusprechen. Also begleitete Leo sie heim und dabei entwickelte sich ein sehr angenehmes Gespräch, obwohl er älter war als sie. Emma mochte sehr, wie offen und direkt er sprach, aber auch seine gelassene, reife Art. Er fand in dieser Nacht, dass er sie unmöglich so lange übersehen haben konnte, mit ihren wunderschönen Augen und dem bezaubernden Lächeln.

Dann standen sie noch eine ganze Weile plaudernd beim Gartentor zu ihrem Haus, bevor Leo ihr zum Abschied zwei Küsse auf die Wange gab, normal, und sie berührten sich dabei nur sehr zögerlich. Aber Leo hatte die zündende Idee, natürlich als Vorwand, ihr seine Telefonnummer zu geben. So konnte Emma ihn jederzeit anrufen, wenn sie wieder nachts allein heimgehen musste.

Zu Hause angekommen, erblickte er bereits ihre erste Nachricht mit dem Dank für das nette Gespräch. So ergab sich erst ein Flirt über den Telefonchat, woraus dann mehr wurde, was jetzt bei seinen regelmäßigen nächtlichen Besuchen angelangt war.

Gerade das Heimliche, in der Nacht, obwohl ihre Eltern im Haus sind und schlafen, reizt Emma unglaublich. Dass Leo aus dem Dunkeln einsteigt in ihr Zimmer und dass sie sich dann möglichst leise verhalten müssen, obwohl es heiß zu- und hergeht, findet sie äußerst prickelnd.

Aber noch nie zuvor war jemand bei ihr, wenn er in ihr Schlafzimmer schlich, und das macht ihn etwas nervös. Leo verharrt am Fenster und beobachtet, um besser einschätzen zu können, was da vor sich geht. Er hört das leise Schmatzen von Küssen, dann sogar das schnelle Atmen und noch ein Kichern von Emma oder dem andern Mädchen – oder von beiden.

Er ist sich nicht klar darüber, aber dafür sicher, dass sich diese beiden nicht das erste Mal nackt im Bett berühren. Die Hand des fremden Mädchens ist zwischen Emmas Beinen, während sie sich küssen. Emma küsst sich über die Schulter des fremden Mädchens bis zu dessen Brüsten und küsst auch sie, leise stöhnend. »Magst du, wenn er dich leckt?«, fragt das Mädchen und Emma grinst. »Ja, sehr … Er ist übrigens schon da …«

Der Klang mag fast so schnell sein wie Licht, aber bei Leo dauert es einen Moment, bis er realisiert, dass Emma ihn gemeint hat und jetzt zu ihm hinüberlächelt. Auch das andere Mädchen dreht sich zum Fenster und Leo atmet nochmals tief ein, bevor er das Fenster ganz aufstößt und lautlos hineingleitet. »Hallo, Leo, das ist Sofia«, flüstert ihm Emma entgegen.

Leo huscht nur in T-Shirt, Shorts und Sneakers gekleidet zum Bett und setzt sich auf die Kante. »Hey … Du … hast mir nicht gesagt …«, will er leise an Emma gerichtet protestieren, aber sie unterbricht ihn. »Deshalb stelle ich euch ja vor, Süßer, ich dachte, du freust dich vielleicht … Das ist meine Cousine, von der ich dir erzählt habe.«

Sofia lächelt ihn etwas verlegen an, hat noch immer eine Hand auf den Arm von Emma gelegt, da sie sich noch unverändert nackt gegenüber knien. »Hallo, Sofia …« Leo lächelt jetzt und reicht ihr die Hand. Auch Sofia lacht leise, spürbar nervös und gehemmt, aber genauso hübsch wie auf den Fotos, die Emma ihm gezeigt hat. »Und was hat Emma dir von mir so erzählt? Auch was Gutes?« Dafür kriegt Leo einen sanften Schubser von Emma an seine Schulter und Sofia streicht sich noch immer etwas verlegen das Haar hinter dem Kopf durch, obwohl es sofort wieder hübsch an ihrem Gesicht entlang herunterfällt. »Na, dass ihr seit einigen Wochen nachts heimlich fickt …«, antwortet Sofia kichernd, aber ganz schön direkt.

Emma schaltet sich ein, streichelt Sofias' Haar und lächelt sie an. Dann schaut sie zu Leo. »Und Sofia mag es, wenn ich ihr davon erzähle. Deswegen wollte ich, dass sie dich kennenlernt.«

Während sie sich mit einer Hand noch bei Sofia festhält, lehnt sie sich zu Leo hinüber und küsst ihn. »Zieh dich aus … Hat es dir gefallen, vom Fenster zuzuschauen?«, sagt sie, wieder mit einem betörenden Augenaufschlag und einem verführerischen Lächeln. »Ja klar, es war … unerwartet, aber aufregend«, gesteht Leo, während er sich das Shirt über den Kopf zieht und die Schuhe über die Fersen stößt und abschüttelt, so leise es geht.

»Sind deine Eltern da?«, fragt er Emma, die gerade Sofias Hand an seine Brust führt. »Fass ihn an …«, sagt sie zu ihrer Cousine, bevor sie an Leo gerichtet antwortet: »Ja, die sind da, schlafen aber schon.« Sofia beißt sich auf die Unterlippe, schaut Leo in die Augen und lächelt dann verlegen, schaut weg, bewegt aber ihre Hüften sanft, während sie seine Muskeln berührt. Leo lässt sie machen, genießt die sanften Berührungen und fasst selbst an Sofias Po, quetscht ihn ein wenig und streichelt über die hübsche Rundung. »Aaaah …«, entfährt es Sofias Mund, um sofort wieder süß zu lächeln.

Emma zieht Leo dann am Arm hoch aufs Bett, kniet sich seitlich an ihn heran und streift ihm die Shorts über den Po runter und sein harter Penis springt sofort in die Höhe, schön aufgerichtet. Beide Mädchen betrachten ihn mit lustvollen Blicken, wobei Emma sofort zugreift und ihn anfasst. »Was möchtest du mit uns tun?«, fragt Emma lüstern und grinsend.

»Was hast du für schöne Fantasien mit uns zweien?«

Sofia schaut ihn genauso neugierig und lustvoll an wie ihre Cousine, sodass Leo keine Zweifel hat, dass diese beiden Mädchen heute mit ihm auf ihre Kosten kommen wollen. »Magst du, wenn wir uns küssen? Wenn wir uns aneinander reiben und aufgeilen? Bevor du uns fickst?«

Leo kennt Emma und weiß, dass sie seit ihren ersten Treffen sehr direkt ist und es gerne etwas versaut hat. Sie dreht sich vor ihm und drängt ihren Po genüsslich gegen sein hartes Glied, während sie Sofia packt und vor sich aufs Bett stößt. Sie selbst legt sich mit ihrem Schritt über den einen Oberschenkel ihrer Cousine und reibt ihre heiße Scham gegen Sofias Bein, während sie ihr ins Gesicht stöhnt, dabei lächelt, ehe sich die beiden wieder küssen.

Emma hebt und dreht ihr Gesicht etwas, als Leo seine Shorts ganz ausgezogen hat und auf dem Bett kniet. »Willst du mich auf ihr ficken?«, fragt Emma genüsslich, während die beiden

Mädchen die Oberschenkel etwas härter an der nassen Ritze der jeweils anderen reiben.

»Hock dich auf sie«, weist er sie an, während er Emma einen Klaps auf den Po gibt und ihn gleich noch schön hart anfasst.

Emma grinst lustvoll und schaut über ihre Schulter nach hinten, während sie sich auf ihre Hände gestützt auf Sofia etwas hochdrängt. Emma zieht das eine Knie seitlich an und kommt so auf Sofias Bauch zu sitzen, lächelt ihr zu und bewegt erregt ihr Becken und dabei ihre Scham zärtlich gegen ihre Cousine.

Leo kniet sich zwischen Sofias Beine und streichelt sie, dann wieder Emmas Rücken und Po.

Jetzt, da Emma auf Sofia hockt und ihre Beine seitlich neben deren Körper liegen, hat Sofia Platz, um ihre Beine etwas zu spreizen, als sie von Leo dazu gedrängt wird, indem er seine Finger und Handflächen innen an ihren Schenkeln hochgleiten lässt.

Emma lehnt sich auf ihre Ellenbogen, beidseits von Sofias Kopf, und hält ihr leise stöhnend ihre Brüste ins Gesicht.

Sofia streichelt die Hüften und die Seite ihrer Cousine, während sie das Stöhnen von Emma erwidert und mit ihrer Zunge über die süßen Nippel leckt.

Emma streckt dabei genüsslich ihren Rücken durch und ihr Po ragt etwas hoch, während Leo sich nun ganz niederkniet und ihr lüstern durch die Arschritze leckt. »Uuuh ... Jaaa ...«, frohlockt Emma, während Sofia ihr nun heftiger an den Brüsten leckt und an den Nippeln saugt. Leo lächelt, als er runterblickt und sieht, wie Sofias blanke Schnecke plötzlich ganz nass wird und sich wie eine Blüte in der Morgensonne öffnet. Mit einem Stöhnen senkt er sein Gesicht noch tiefer, seine Finger fest in Emmas Arsch gekrallt, während er provozierend langsam über Sofias zitternde Schamlippen leckt.

Dabei stöhnt Emma gleichzeitig mit Sofia auf, weil seine Nase sich bei diesem zelebrierten Schlecken fordernd durch die Schamlippen von Emmas Muschi drängt, bis zur süßen Brücke zwischen Vagina und Polöchlein ... und dasselbe nochmals.

Mit seinen Daumen spreizt Leo Emmas Arschritze und presst sein Gesicht gegen ihre Muschi, leckt sie stöhnend und spürt, wie sie dabei erzittert und unter ihr gleich noch Sofia dazu.

Leos' Herz geht schneller, seine Erregung steigt und sein Glied steht stramm, während er diese beiden heißen, nassen Muschis abwechselnd leckt und verzückt und ihn das lauter werdende Stöhnen der beiden Mädchen immer noch geiler macht.

»Shhh ... leise ...«, flüstert er grinsend, während er sich etwas aufrichtet. Zwischen Sofias Beinen kniend, mit einem Arm sich an Emma vorbei auf dem Bett abstützend, hält Leo seinen fetten, prallen Schwanz in der Hand und spielt erst an Sofias Muschi, dann an Emmas Polöchlein.

Emma küsst ihre Cousine, japst immer mal wieder auf und bewegt sich immer erregter und schneller auf Sofia, in lustvoller Erwartung.

Sanft drückt Leo seine angefeuchtete Eichel an die süße Rosette von Emma und stösst sanft zu, lässt sein Glied los und fasst an ihren Nacken hoch. Während sie ihrer Cousine ins Gesicht stöhnt: »Oooh jaaa ... Steck ihn rein ...«, dehnt er mit seiner Eichel ihr Löchlein etwas, zieht ihn aber wieder raus und legt ihn auf Sofias feuchte Ritze. Seine prallen Hoden klatschen an Sofias nasse Schamlippen, während er seinen Schwanz zwischen ihrem Bauch und dem Po von Emma einige Male durchstößt. Dann fasst er ihn wieder an und führt ihn an Sofias Muschi. Emma streckt ihm ihren süssen Arsch fester entgegen und keucht: »Steck ihn rein ... Mhmm.« Sanft drängt er Sofias Schamlippen auseinander und zack, rammt diese ihm das Knie in die Seite! »Nein!! Nicht sein Schwanz in mir ...«, japst Sofia außer Atem.

»Autsch!« Leo sammelt sich kurz nach dem heftigen Tritt, lässt aber sofort ab. »Na gut«, keucht Emma und erhebt sich etwas über ihrer Cousine. »Dann fickst du mich jetzt«, sagt sie, verführerisch und versaut lächelnd, während sie sich über Sofias Gesicht kniet. Sie grinst Sofia an und senkt ihre nasse Scham provozierend, aber zärtlich immer wieder verlockend ins Gesicht ihrer Cousine. Dann hebt Emma ihren Fuß aufs Kopfende des Bettes, sodass ihr Bein weit zur Seite gespreizt ist, und stöhnt, während sie über ihre Schulter zurückblickt und ihren Po leicht wackeln lässt.

Sofort kniet sich Leo von hinten über Sofias Oberkörper an Emma ran. Sofia streichelt mit einer Hand sein Bein, findet den Weg zu seinem harten Schwanz und fasst ihn stöhnend an, während sie immer wieder versucht, ihre Cousine von unten zu lecken.

Emma und Leo knien jetzt über Sofias Gesicht, das Bein von Emma schön zur Seite angehoben. Sie keuchen und stöhnen einander über ihre Schulter ins Gesicht, während er seinen Penis mithilfe von Sofias Hand an Emmas Muschi führt. »Uuuhmm ...«, stöhnt Emma, als er langsam zustößt, während er zuckt und es ihn heiß durchströmt, als er Sofias Zunge an seinen prallen Hoden spürt und sie unschuldig süß und erregt wimmert, während sie seinem Glied lüstern entlangleckt. »Aaah ... Ich sagte dir ja, er ist verdammt gut ... Hahaha«, lacht Emma und versucht dann Leo zu küssen, hält ihren Arm hoch nach hinten um seinen Nacken, während er zustößt.

Er dringt tief in Emmas nasse, geile Ritze ein und fickt sie mit harten Stößen über Sofias Gesicht, die abwechselnd lechzend versucht, seinen Schwanz und dann wieder die Klitoris ihrer Cousine zu lecken.

Das Bett knarrt leicht unter den harten Stößen und Leo stöhnt immer erregter, während Emma dauerhaft zittert und ein leises Wimmern ertönen lässt.

Gerade als Sofia mit ihrer Zungenspitze besonders gierig an Emmas Klitoris spielt und leckt, Leo seinen Penis langsam aus der saftigen Vagina rauszieht und ihn nochmals mit einem entschlossenen Knurren tief reinstößt, kommt Emma. Sie beißt sich auf die Lippe und ihr Fuß rutscht vom Bettgestell, als sie ultimativ erzittert und sich über Sofias Gesicht ergießt.

Leo zuckt und spürt, wie sich Emmas Schamlippen unkontrolliert um seinen prallen Schwanz schließen und ihm keine Wahl lassen, als tief in sie hineinzuspritzen. »Oooaaah ... Jaaah«, stöhnt Emma und kippt seitlich in totaler Verzückung weg, während sich die letzten Spritzer von seinem warmen Sperma über Sofias Gesicht ergießen, nachdem sein Schwanz aus Emmas Muschi rausgeflutscht ist.

Zuckend und stöhnend blickt Leo auf Sofia runter und genießt es, zuzusehen, wie sie sich längst selbst berührt, ihr nasses, verschmiertes Gesicht den vollkommenen Ausdruck von erfüllter Lust und Befriedigung wiedergibt und sie durch ihre eigenen Finger ebenfalls zum Höhepunkt kommt, unter den erregten Blicken von Emma und Leo.

## 10

## Beim Oktoberfest

Die Stimmung ist auf dem Siedepunkt, schon seit einer geraumen Weile. Die Halle ist riesig, viele der Besucher stehen auf den Tischen und Bänken, die Band gibt Gas und die Feiernden singen aus voller Kehle die bekannten Gassenhauer mit.

Es ist noch etwas mehr als zwei Stunden hin, bis das Fest zu Ende ist für heute. Doch immer noch eifrig bahnen sich die stämmigen Mädels in ihren Trachten und meist ein Dutzend Masse stemmend durch die Menge, um ihre goldene nasse Ware an die Tische zu bringen.

Mit einem fröhlichen Gegröle werden sie empfangen, der erfrischende Nachschub für die vom Gesang geschändeten Kehlen wird in die Höhe gehoben und es klirren die großen, massiven Gläser beim Prosten.

Judith steht auf der Bank und spricht kichernd mit ihrer Freundin, sie schauen immer wieder zu den Jungs auf dem Tisch, die tanzend und lachend ihrerseits zu ihnen rüber schauen und sie ermuntern, mitzutanzen.

Judith ist mit einer Gruppe Freundinnen auf dem Oktoberfest, denn ihr Freund hat dieser Tage wichtige Spiele mit seinem Sportverein und auf den Besuch der Wiesn verzichtet. Die Mädchen sind nicht so viele und werden bei der Reservation an einem Tisch mit einer Gruppe Jungs aus dem Ausland platziert und diese scheinen es sehr darauf abzusehen, mit der Gruppe Mädchen anzubändeln und sich zu amüsieren.

Besonders einer hat es Judith angetan, denn er hat sich sehr um sie bemüht und ist rasch mit ihr ins Gespräch gekommen. Judith hat herzlich gelacht, als er ihr seinen Namen sagte. Sie sah ihn frech an, als sie ihm mitteilte, dass sie seinen Namen so nicht aussprechen könne oder wolle. »Ich nenne dich einfach

Klemens.« Ein Umstand, mit dem er sich mit seinem sympathischen breiten Grinsen einverstanden erklärt hat.

Klemens hat sie auch früh schon beim feurigen Wiesn-Marsch an der Hand gepackt und die beiden sind in der Gasse zwischen den Tischen in rasantem Tempo hin und her getanzt, bis ihr beinah schwindelig wurde. Es hat ihr gefallen, wie leidenschaftlich er tanzte, wie fest sein Griff war, aber auch, wie galant er sie wieder an den Tisch begleitete und sich für den Tanz bedankte. Er hat Charme und ja, er gefällt ihr.

Die Kommentare ihrer Freundinnen, die einen heißen Flirt zwischen den beiden feiern wollen, winkt sie lächelnd weg. »Er ist süß, seid nicht nervig, Mädels, da ist nichts, lasst uns feiern und die Party genießen ...«

Das war vor zwei Stunden, als sie etwas nach den Jungs an die reservierten Tische gekommen waren. Nun ist die Party schon fortgeschritten und die Stimmung immer ausgelassener.

Klemens hat sie schon mehrfach zum Tanzen aufgefordert, immer unter dem jubelnden »Uuuiiih« der Mädchen. Jetzt stehen sie am Rande der Halle, wohin sie sich nach dem Tanzen gerettet haben, aus dem Gedränge.

Judith richtet sich ihr Dirndl, etwas außer Atem, und lächelt Klemens zu, der sie betrachtet. »Was?«, fragt sie und schaut ihm in die Augen. »Du bist sehr hübsch ... Dieses Gewand steht dir gut«, sagt er mit liebenswerter Stimme. »Dirndl, diese bayerische Tracht für Mädchen nennt man Dirndl«, sagt sie ihm mit einem Lachen und einem Seufzer über dieses Glücksgefühl, sich ausgetanzt zu haben. Klemens legt ihr seinen Arm um, die Hand sanft in ihrem Kreuz, und sagt mit seinem charmanten Akzent: »Du bist eine sehr schöne Dirn...el«, worauf sie lacht und antwortet: »He! Langsam, ne? Dirndl, so heißt das ... Und es ist nur das Kleid, ich bin kein Dirndl, und schon gar keine Dirne ... Auch wenn das süß klingt aus deinem Mund.«

Einen Moment schauen sie sich an, seine Hand in ihrem Rücken, ihre Gesichter sind sich ganz nah, sie spüren den Atem des andern ... und die Lippen berühren sich ... und nochmals, zärtlich küssen sie sich.

Einen wundervollen, langen Augenblick später lehnt Judith in seinem Arm gegen die Wand hinter ihr, atmet tief und noch immer etwas schneller ein und aus. Sie kann ihn noch riechen und hört seine Stimme mit dem süssen Akzent: »Du bist wunderschön, Judith ... Ich danke für den Tanzen und für den Kuss.« Sanft streichelt er ihre Wange und sie spürt, wie ein warmer Schwall sie durchströmt und sie ihr Gesicht automatisch gegen seine warme, sanfte Hand legt. »Mhmm ... Klemens? Hör zu ...« Sie öffnet ihre Augen, legt ihre Hände sanft gegen seine Brust, als wollte sie diese minimale Distanz wahren, und fährt fort: »Wir dürfen das nicht ... Tanzen schon, aber küssen ...? Es geht nicht.« Sie schaut ihn dabei ernst an, doch er sieht genau diesen sehnsüchtigen Glanz in ihren Augen und lächelnd antwortet er: »Es hat dir nicht gefallen? Wieso es geht nicht? Es ging doch ...« Und gegen den sanften Druck ihrer Hände drängt er sich etwas näher zu ihr hin, seine Hände an ihre Hüften gelegt ... »Nein, Klemens, es war schön, sehr schön ... Es geht nicht, weil ... weil ich einen Freund habe.«

Ihre Worte, begleitet von einem schmerzlich schuldbewussten Augenaufschlag und einem Blick, der ihn nur noch mehr verzaubert.

Sanft und verständnisvoll, aber nicht weniger fordernd als bei seinem Kuss, hält er sie weiter gegen die Wand gedrückt fest. »Du hast einen Freund, Judith, er ist nicht hier ... Und ich habe eine Freundin, aber sie ist nicht hier«, sagt er mit ruhiger Stimme und ihr Blick entspannt sich etwas. »Du hast eine Freundin?«, sagt sie mit gefasster, aber auch süßer und erleichterter Stimme. »Ja, habe ich ... Bin ich böse, wenn es mir gefallen hat, dich zu küssen?«, worauf sie ihn anlächelt und eine Hand von seiner Brust sanft nach oben streicheln lässt um seinen Nacken. »Du bist nicht böse, du bist ... wundervoll, Klemens. Und der Kuss hat mir auch gefallen, aber ...« Sanft legt er ihr seinen Finger auf die Lippe, unterbricht sie und haucht ihr ins Ohr: »Ich bereue den

Kuss nicht, auch wenn wir ein schlechtes Gewissen haben sollten ... Niemals, süße Judith ...« Dabei verstärkt er seinen Griff um ihre Hüften. »Das glaube ich dir sogar ...«, antwortet sie mit einem Lächeln, während ihre Finger seinen Nacken streicheln und sie den Kopf leicht zur Seite neigt, seine Küsse an ihrem Hals spürt und ein wohliges Gefühl durch ihren Körper strömt.

Klemens packt ihren Rock und schiebt ihn langsam etwas höher, als er ihr in die Augen zu schauen versucht, weicht sie seinem Blick aus und haucht: »Wie lange seid ihr schon zusammen? Du und deine Freundin?« Er atmet etwas schwerer und spürt, wie in ihm das Verlangen nach ihr steigt. »Seit dem Studium ...«, antwortet er leise, während seine Hände unter ihren bauschigen Rock gleiten und ihren weichen Po anfassen unter dem Kleid. Er fühlt, wie sie sich gegen die Wand streckt, etwas aufrichtet und ihre Hände seinen Nacken zärtlich streicheln, ohne dass sie ihre Augen öffnet. Seine Lippen suchen die ihren, seine Finger streicheln über den Stoff ihres knappen Höschens, während sie ihren Rücken durchstreckt und sich an ihm festhält. Ihrer beider Atem beschleunigt sich, er versucht sie zu küssen, wobei sie sich erneut etwas wegdreht und sich auf die Lippe beißt. »Dann seid ihr schon länger ein Paar?«, haucht sie ihm zu. »Wir sind aber auch noch jung ...«, antwortet Klemens und drängt seine Finger unter dem Kleid in ihr Höschen ... »Uuuh ... Klemens ... bitte ...«, hört er ihre Stimme und spürt ihren stockenden Atem auf seinem Gesicht, als seine Fingerspitzen die feuchte Blüte ihrer warmen Blume berühren ... Aaah ... Sofort wird er noch härter, fühlt, wie sich sein pralles Glied gegen sie drängt und die Finger sanft, aber fordernd in ihre feuchte Ritze eindringen.

»Wir sind jung und wünschen uns, etwas zu erleben ... Etwas zu entdecken ... Erfahrungen zu machen ...«, stöhnt er ihr ins Gesicht. »Oh jaaah ... Das ... ist schön«, klingt es leise aus ihrem Mund, als sie versucht, ein Stöhnen zu unterdrücken. Seine Finger fühlen sich so gut an, Judith beißt sich auf die Unterlippe und spürt seinen heißen Atem an ihrem Nacken, während sie sich an ihm festhält und ihm leise und flehend ins Ohr stöhnt.

Sie genießt das Gefühl, wie fordernd und doch zärtlich er sie gepackt hält, wie unverschämt und versaut er seine Finger einfach immer wieder in ihre nasse Muschi hineindrückt und so gut bewegt, dass Judith gar nicht mehr aufhört zu zittern, weil seine Finger immer wieder Stellen berühren, die neue heiße Schauer durch ihren Körper rauschen lassen.

Einen langen Moment stehen die beiden eng umschlungen an der Seite und Judith lässt sich unter ihrem Kleid einfach weiterfingern, gibt sich diesen verführerischen Berührungen hin und lässt sich trotz anfänglich schlechtem Gewissen fallen in diese erregenden, heißen Wogen, die er mit seinen Fingern und den Küssen auf ihren Nacken auslöst. Ihren Arm fest um seinen Nacken gelegt, ihr Gesicht keuchend an seinen Hals gepresst, stöhnt Judith leise und fühlt, wie das Feuer in ihren Lenden sich ausbreitet, als er mit seinen Fingern schnell und genau mit dem richtigen Druck über ihre Klitoris reibt. Ihre Knie schlottern, in ihrer Brust dreht sich alles wie in einem Tornado und ihre Hüfte beginnt ruckartig zu zittern, immer fester und fester … Bis ihr ein Aufschrei gerade noch im Hals stecken bleibt, und sie über seine Finger unter dem Kleid kommt und seine Hand so richtig nass macht.

Sie hält ihre Augen geschlossen, während sie um Atem ringt, sich an ihm festhält und er seine Hand unter ihrem Kleid hervorzieht. Sie riecht sich selbst, als er seine Hand an ihrem Gesicht vorbei an seine Nase führt, an seinen nassen Fingern riecht, während sie ihre Augen langsam etwas öffnet.

Er senkt sein Gesicht zu ihrem hinunter, seine nassen Finger berühren ihre Nase und seine Lippen, während er leise stöhnt und die Finger leckt. Judith lächelt und schaut ihn an, will seine Zunge spüren und beginnt ebenso an seinen Fingern zu lecken, sodass sich ihre beiden Zungen spielerisch um seine nassen Finger schlingen und sich necken, bis Judith kichern muss.

In dem Augenblick wird Klemens von hinten etwas angerempelt, schaut sich um, ohne aber seine beschützenden Arme von Judith zu nehmen. Die Gruppe drängt sich an ihnen vorbei weiter und es gibt wieder etwas mehr Platz danach. Trotzdem nimmt Klemens ihre Hand und zieht Judith mit sich.

Sie folgt ihm, denn sie denkt, dass es ihm an diesem Ort vielleicht ein zu großes Gedränge war. Was sie sich gerade wünscht, ist, dass er sie in seinen Armen hält und küsst, also folgt sie ihm lächelnd, als er sie nach draußen führt.

Judith strahlt beseelt und ihr Herz pocht noch immer heftig. Auch hier hört man die Musik und die Feierstimmung von drinnen, da die große Tür offen stehen bleibt. Es hat etwas weniger Gedränge, aber Kolonnen laufen in Richtung der Toiletten und hier und da stehen lose Gruppen zusammen.

Klemens schaut lächelnd zurück und greift ihre Hand nochmals nach, bevor er um eine Ecke läuft und erneut abbiegt. Hier die Rückwand eines Gebäudes, dort ein Getränkelieferwagen, es wird immer etwas dunkler und es sind kaum noch Leute um sie herum.

Beinahe laufen sie in ein knutschendes Pärchen hinein und Klemens kann Judith gerade noch an ihnen vorbeilenken, während sie sich kichernd von ihm an sich ranziehen und küssen lässt. O ja, endlich, fährt es Judith durch den Kopf und sie wird ganz sinnlich, als er sie etwas vom andern Pärchen entfernt an dieselbe dunkle Gebäudewand drängt. In seinem Rücken, einen Steinwurf entfernt, stehen Scheinwerfer und die Ansammlung von Menschen deutet darauf hin, dass sich dort die Toiletten befinden.

Judith und Klemens sind bereits vertieft in ihre Leidenschaft, küssen sich und streicheln einander immer intensiver. Sie liebt es, wie er ihr erregt und lustvoll über ihrem Dirndl an die Brüste fasst, wobei Judith in den Kuss stöhnt und ihren Rücken durchstreckt. Sofort erzittert sie wieder, als sie spürt, wie die heißen Wallungen in ihr erneut entfacht werden.

Genauso geht es Klemens, den ein unerträgliches Ziehen zwischen seinen Beinen erfasst, und sofort grapscht er beim Küssen wieder an Judiths Rock und schiebt ihn hoch. Keuchend und in einer Mischung aus verschmitzt und versaut grinst sie ihn an, genießt es, in seinen Augen die pure Lust zu sehen und wird sofort wieder schwach.

Sie spürt, wie ihre Beine nachgeben, wie ihre Muschi pulsiert und feucht wird. Judith stöhnt ungeduldig und flehend, dass das Verlangen nicht noch größer werde bei ihr.

Er packt sie und hebt sie hoch, stemmt sie gegen die Wand in ihrem Rücken und mit einer Hand um ihren Po, damit der Rock nicht wieder runtergleitet, öffnet er mit der anderen Hand seine Hose. Er blickt sie so ernst, so dominant und fordernd an, dass Judith nicht mehr klar denken kann. Ihre nasse Ritze brennt, ihre Schenkel zittern, sie hat ihre Hände auf seine Schultern gelegt und schaut ihn an. Ihr hübscher, sinnlicher Blick lässt ihn stöhnen, als er seinen prallen, harten Penis zwischen ihre Beine führt. Der Druck ihrer Schenkel um seine Hüften wird stärker, sie atmet schneller und beißt sich mit flehendem Blick auf die Unterlippe.

Klemens hält inne, nickt ihr dann zu und drängt seine Eichel zwischen ihre sensiblen, feuchten Schamlippen. Da löst sich die Spannung ihrer Beine und sie hakt ihre Fersen hinter seinem Po ein, erst die eine, dann auch die andere Hand gleitet von seiner Schulter hoch an seine Wange. Sie schaut ihm nochmals in die Augen, während sie sein Gesicht zwischen ihren Händen hat, beide atmen schneller und dann schließt sie ihre Augen.

Klemens steht noch näher an sie heran, ihre sanften Hände um seine Wangen, seine beiden Hände halten ihren Arsch und langsam, leise keuchend stößt er tiefer zu. »Mhmm …«, stöhnt Judith und merkt, wie er langsamer wird, bevor er wieder zustößt und weiter in ihre warme Grotte eindringt. Sie summt seinen Namen, vergisst, wo sie gerade sind und alles um sie herum. Sie sieht sein Gesicht, angespannt und trotzdem so liebevoll lässt es ihr Herz schneller schlagen und ihre Schenkel weiter erzittern. Fest umklammert sie ihn, entschlossen, diesen Moment zu genießen, ihn nicht mehr loszulassen. »Würdest du deine Freundin je verlassen?«, schießt es leise zwischen dem stockenden Atmen aus ihr hervor. »Was sprichst du?«, fragt Klemens leicht irritiert, aber nicht weniger erregt zurück. Er spürt, dass er kurz davor ist, zu kommen, als Judith in sein Ohr stöhnt und haucht: »Werden wir uns wiedersehen?« Klemens verlangsamt seine Stöße, »Shhh ... Ich weiß nicht ...?«, nur um selbst wieder lustvoll zu stöhnen und schneller zuzustoßen.

Eine Träne kullert über ihre Backe und wieder stockt Klemens, wischt ihr die Träne zärtlich weg. »Alles gut?« Sie lächelt. »Ja, mach weiter ...« Doch irgendetwas fühlt sich für Judith nicht mehr an wie zuvor. »Nicht in mir drin«, haucht sie, während er sie erneut irritiert anschaut und sich dann langsam zurückzieht ... »Dann in deinen Mund?« Judith nickt. »Ja klar.« Sie lässt langsam etwas von ihm ab, schaut ihm nicht in die Augen, sondern geht behutsam auf die Knie. Sie fühlt einen Schmerz, aber sie will ihm immer noch gefallen und wischt sich rasch eine weitere Träne aus dem Augenwinkel, bevor er sie auf ihrer Wange sieht.

Sie kniet vor ihm, während er sich kurz vergewissert, dass es keine ungebetenen Zuschauer gibt, da die Stimmen in der Nähe etwas lauter werden.

Alles gut, o ja, sogar sehr gut, fährt es ihm durch den Kopf, als er ihre weichen Lippen um seinen harten Penis spürt. Mhmm, sie muss es mögen, sich selbst zu schmecken, denkt er, weil es sich so gut anfühlt, wie sie seinen harten Schwanz hochhält und unten an seinem prallen Glied vom Ansatz über den Hoden bis zur Eichel entlangleckt. Dann nimmt sie ihn in den Mund, stöhnt dabei leise und sein Glied schwillt wieder weiter an. Er öffnet seine Augen, schaut auf sie hinunter und es dauert nicht lange, bis er in ihrem Mund abspritzt. Judith japst, als er ihr die warme Sahne in die Kehle schießt. Sie schluckt, schaut zu ihm hoch, wie er lächelt, und sie fühlt sich in diesem Moment so dermaßen schamlos benutzt – aber lächelt zurück.

»Clément? Où es-tu?«, hört er einen seiner Freunde suchend seinen Namen rufen. Er hat gerade sein frisch gelecktes Ding in der Hose verstaut, hält ihr wieder galant und lächelnd die Hand zum Aufstehen hin. »Ich muss wieder hinein ... Kommst du?« Judith schluckt nochmals und nimmt seine Hand. »Ja, gehen wir rein«, sagt sie leise, mit ihrem süßen Lächeln, das ihren Schmerz überspielen soll, denn sie will sich weder hier bei ihm noch drinnen bei ihren Freundinnen etwas anmerken lassen.

## 11

## Clubhaus

Jacky zieht den Sandplatz auf ihrer Seite des Netzes mit dem Teppich ab und hängt ihn hinten an den Maschendrahtzaun. Beschwingt läuft sie dann zur Bank und verstaut Bälle, Racket und Trinkflasche in ihrer Sporttasche. »Das tat richtig gut«, sagt sie lächelnd zu Matteo, ihrem heutigen Tennispartner. Die nächsten Spieler betreten gerade den Platz und man grüßt sich. Matteo trinkt noch einen Schluck Wasser und antwortet, als sie den Platz verlassen: »Ja klar, wenn man gewinnt, so wie du gerade, fühlt sich das doch immer gut an.«

Seine Stichelei schwächt er mit einem Lächeln ab und hält ihr die Tür durch den Zaun auf. »Danke, dass du dich darum gekümmert hast, uns einmal ohne die Kinder spielen zu lassen«, bedankt sich Jacky und Matteo sagt zustimmend: »Das ist so; es macht Spaß, mit den Kleinen zu spielen, aber es braucht auch mal wieder eine Herausforderung auf höherem Niveau.« Jacky lacht, als sie sich in Richtung Terrasse des Clubhauses bewegen. »Und du hast nicht erwartet, dass die Herausforderung so groß sein würde, stimmts?«, scherzt sie. Matteo stellt seine Sporttasche und das Racket auf den Boden neben einem freien Tischchen und fragt: »Hast du regelmäßig gespielt mit deinem Mann?« Jacky setzt sich, lehnt sich entspannt zurück und lässt ihre Beine von sich gestreckt. »Nein, mein Ex spielte gar nicht Tennis. Ich war bis achtzehn drauf und dran, eine richtige Tenniskarriere einzuschlagen ... Ich war gut damals.« Sie streift den Haargummi ab und öffnet ihr Haar, schüttelt es und fährt mit ihren Fingern einige Male hindurch. »Ich komme eigentlich erst wieder richtig zum Spielen, seit wir uns getrennt haben«, fügt sie noch hinzu. »Geht mir genauso«, antwortet Matteo, während auch er sich hinsetzt.

Jacky mag es, wie er spricht, wie gelassen er sich gibt und wie er sie damals angesprochen hatte, als sie auf den Plätzen nebeneinander jeweils mit einem ihrer Kinder Tennis spielten. Er hat eine offene, einnehmende Art und sprach sie zielstrebig an, ob sie nicht einmal eine Partie gegeneinander spielen wollten, worauf sie sich natürlich gerne einließ, obwohl sie sich zuvor nicht kannten. Sie tauschten sogleich die Kontaktdaten aus, um sich bei Gelegenheit zum Tennis zu verabreden.

Nun hatten sie es beide an diesem Tag einrichten können, die Kinder beim jeweiligen Ex-Partner, und es waren noch fast alle Plätze frei für die letzte Buchung am Abend. Nur auf einem Platz ist noch eine Partie über die Zeit hinaus am Laufen, sonst sind die Club-Mitglieder alle bereits an den Tischen auf der Terrasse an diesem angenehm warmen Sommerabend und gönnen sich eine Erfrischung und etwas Geselligkeit.

Auch die beiden unterhalten sich angeregt und Jacky empfindet es als äußerst wohltuend, mit einem attraktiven Mann so etwas wie Zweisamkeit zu verleben. Die Getränke sind noch nicht gebracht worden, also spielt Jacky mal mit der kleinen Vase auf dem Tisch und dem kümmerlichen, aber hübschen Blümchen darin, dann wieder mit ihrem Haar, dann zupft sie sich ihr Tennisröckchen zurecht.

Es liegt ihr schon eine Weile unausgesprochen auf der Zunge, als es sich vom Gespräch her gerade so gut ergibt und es aus ihr herausbricht: »Du bist doch bestimmt ab und an bei einem Date …?« Sie lacht über sich selbst und es schießt ihr durch den Kopf: Oje, das klang jetzt bestimmt verzweifelt … Wie von einer vernachlässigten Frau und sie setzt sich aufrecht hin, schaut ihn dann aber neugierig und erwartungsvoll an.

»Ach, die waren wenige und nicht erwähnenswert; nein, eigentlich mache ich so was viel zu selten … neben den Kindern, der Arbeit und etwas Sport für mich … Und du?« Sie blickt ihn direkt an und antwortet: »Es geht mir genauso.«

In diesem Augenblick, gerade als Jacky versuchte, in seinen Augen einen Hinweis zu finden, wie weit er denn wäre, ruft die

Bedienung ihnen beiden zu, dass die Getränke sofort kommen. Matteo nickt gelassen über seine Schulter, während Jacky nur denkt: verdammt!, und sich das Haar hinterm Kopf wieder zum Pferdeschwanz zusammenfasst, um das Haargummi wieder drumzuspannen. Die Haare auf ihrem verschwitzten Nacken störten. Aber mehr noch stört sie, dass gerade dieser Moment zerplatzt ist, wo sie ganz nah dran war, ihn etwas aus der Deckung zu locken.

Noch leicht verdrossen blickt sie hoch und erhascht, wie er ihre Seite mustert. Matteo bekommt nicht wirklich mit, was Jacky gerade beschäftigt, aber sein Blick wandert von ihrer Hüfte hoch bis zu ihren Schultern, als sie sich das Haar richtet. Sie hat einen sexy Körper und das verschwitzte Shirt macht ihn an; ihre Hände hinter dem Kopf an den Haaren und wie sich ihre Schulterpartie dabei bewegt, findet er verführerisch.

Jacky schaut seinem Blick folgend an sich runter und erkennt den Schweißfleck, der ja mehr als normal ist, erklärt sich von selbst nach diesem Tennis-Match. Doch sofort fühlt sie sich unwohl, erhebt sich und schaut ihn an. »Ich geh dann mal duschen ...« Sie greift sich die Sporttasche, weil sie, anders als er, Ersatzkleider bei sich hat.

Matteo lächelt und beugt sich vor, um ihren Arm sanft zu fassen. »Jacky ...? Du brauchst wegen mir nicht zu duschen ... Ich habe dich gerade betrachtet und ... fand es ziemlich sexy, dein Anblick, alles, du bist wirklich eine sehr heiße, attraktive Frau.«

Jacky zieht ihren Arm aus seiner Hand. »Alles gut, Matteo, süß von dir«, sagt sie und legt ihm im Vorbeigehen noch zärtlich die Hand auf seine Schulter, läuft mit ihrer Tasche um ihn und seinen Stuhl herum, während er seine Hand auf ihre legt, sie anlächelt ... und gehen lässt.

Der Gesichtsausdruck von Jacky ändert sich in seinem Rücken schlagartig; eine heiße, attraktive Frau ... sexy ... so was hatte sie schon länger nicht mehr zu hören bekommen, jedenfalls nicht von einem Mann, mit dem sie annähernd etwas hätte anfangen wollen. Das tat so gut!

Jacky betritt die Umkleide und stellt ihre Tasche auf eine Bank. Sie schaut sich um und realisiert, dass sie allein ist. Sie legt die frischen Kleider aus der Tasche auf die Bank, schaut sich dann im Spiegel an. Wie sah sie aus, wenn sie sich das Haar zusammenband? Mit den Armen oben? Okay, aha, so ... Na ja. Sie zieht sich aus und lächelt sich im Spiegel nochmals zu; er nannte sie sexy! Wie recht er hat, findet sie. Zu lange will sie ihn nicht warten lassen, also betritt sie die Dusche und dreht den Hahn auf.

Als Jacky das Tischchen verlassen hat, kommt gerade die Bedienung und stellt die Getränke hin. Man plaudert einen Moment, da man sich im Club gut kennt. Doch es dauert nicht lange, da ruft der nächste durstige Gast und so entfernt sich die Bedienung wieder.

Matteo schaut die beiden Gläser an, blickt dann über die Sandplätze, sieht aber gerade nur Jacky vor seinen Augen. Wieso hat er sie nur so angestarrt! Es lässt ihm keine Ruhe, weil er nicht weiß, wie Jacky es wirklich aufgenommen hat, was er ihr vorhin sagte. Schließlich steht er auf und betritt das Clubhaus, läuft durch den Gang nach hinten bis zu den Umkleideräumen. Er hört das Wasser der Dusche schon von draußen, horcht kurz an der Tür und kann keine Stimmen vernehmen. Also dürfte sonst niemand drin sein, denkt er.

Matteo tritt ein und läuft an den Garderobebänken vorbei in Richtung Duschraum. Er schaut von der Umkleide her in die Dusche und sieht Jacky in leichtem Dampf stehen und sich einseifen, mit dem Gesicht zur Wand, mit dem Rücken zu ihm. Das gibt ihm einen Moment, um sie zu betrachten, und ohne weiter viel zu überlegen, zieht er sich aus.

Jacky summt gerade vor sich hin, während sie sich die Seife unter den Armen wegwäscht, als sie plötzlich etwas an ihrer Hüfte spürt und vor Schreck aufschreit. Noch dümmer, als sich anzuschleichen, ist Matteos Reaktion, sie noch fester zu packen, als er sich zu ihr unter die Dusche stellt. »Shhh ... Sorry, ich bin es ...«, sagt er lachend und zu seinem Glück hat Jacky nach ihrem ersten Schrecken die Situation schneller erfasst, als er es hätte erwarten dürfen. »O mein Gott … Was machst du da?«, sagt sie aus Erleichterung lachend. »Wieso … Du kannst doch nicht einfach … Du meine Güte … Du bist auch nackt?«, stößt sie nochmals lachend hervor, als sie sein pralles Glied an ihrem Po spürt. Zärtlich drängt er sich an sie, lässt seine starken Hände an ihrer Seite von der Hüfte an hoch wandern.

Jacky stöhnt leise und fasst mit einer Hand hinter sich, hoch an seinen Nacken. »Das fühlt sich gut an«, haucht sie noch immer mit schnellem Puls nach dem Schrecken, weil er hinter ihr erschienen ist. Das warme Wasser der Dusche prasselt auf ihre beiden Körper, weckt die Lust vollends und begleitet die Wärme, die sich in ihr ausbreitet. »Du wolltest nicht nur Tennis mit mir spielen?«, fragt Jacky mit süßer Stimme, während sie seinen Nacken fester anfasst und mit den Fingern durch sein Haar gleitet, um ihn dann wieder an sich zu ziehen und dabei ihren Po genüsslich an ihn zu drängen.

Matteo atmet schneller, seine Erektion ist groß und pumpt gerade so viel Blut, dass nicht viel übrig bleibt, um vernünftige Gedanken ins Gehirn zu transportieren. »Es war von Beginn an eine schöne Vorstellung, als ich dich ansprach …«, keucht er lustvoll in ihr Ohr, während er fest um ihre Brüste fasst und ihre harten Nippel zwischen seinen Fingern fühlt. »Aaah, du bist sehr berechnend … und weißt, was du willst«, flüstert Jacky erregt und genießt, wie fest er sie hält, sodass sie eine Hand vor sich gegen die Kacheln stemmen muss, weil er sie so hart bedrängt. Zärtlich küsst Matteo Jackys Nacken, gleitet auf ihrer nassen Haut mit einer Hand von ihrem Busen über den Bauch hinunter und legt sie auf ihre Scham.

Jacky stöhnt leise auf und bewegt ihren Hintern geschmeidig gegen seinen Schoß, spürt immer wieder das harte, warme Glied auf ihrer Haut, mal seitlich, dann wieder zwischen die Pobacken gedrückt. Sie lächelt, öffnet ihre Augen und lässt ihre Hand von seinem Nacken an seine Wange gleiten, als er sie küsst. Er ist so unglaublich zärtlich, so direkt, so dominant und küsst so wundervoll. Diese Gedanken schießen Jacky durch den Kopf, bevor sie von ihm umgedreht und gegen die Wand gedrängt wird. Sie schauen sich tief in die Augen und Jacky beschließt, gar nicht mehr überlegen zu wollen, sondern sich ihm hier und jetzt hinzugeben.

Matteo betrachtet sie, wie sie ihn verführerisch, sinnlich auffordernd anschaut und die Mundwinkel bei leicht geöffneten Lippen ganz minimal zucken, ohne wirklich ein Lächeln preiszugeben. Zu erregt und erwartungsvoll ist Jacky, um ihn jetzt anzulächeln, denn sie will ihn spüren und genommen werden.

Matteo selbst denkt weniger an den Genuss des sich steigernden Verlangens, als dass für seinen totalen Genuss noch ein Schritt fehlt. Er geht etwas in die Knie, tritt ganz nahe an Jacky heran und fasst um ihren Po, hebt sie in einem Ruck hoch und steht nun zwischen ihren Beinen, die sie um seine Hüften schlingt. Eine Hand um ihren Hintern, die andere an ihrem Busen.

Sie hält sich an seinem Nacken fest und ihr Rücken ist an die nassen Kacheln gepresst. Sanft bewegt Jacky ihr Becken und spürt, dass seine Eichel immer wieder über ihre sensiblen Schamlippen gleitet, bis die Spitze etwas eindringt. Jacky schaut auf ihn nieder, die Füße hinter seinem harten runden Po eingehakt, bereit, den ersten Stoß zu nehmen. »Oooaah«, stöhnt Jacky laut, ohne es zurückhalten zu können. Matteo atmet schneller und keucht: »Shhh, man könnte uns hören ...«

»Ich weiß«, stöhnt Jacky mit lustvollem Grinsen, als sich auch schon die Tür zur Garderobe öffnet und Hilde, die Chefin vom Club-Restaurant sich meldet: »Na, Jacqueline? Alles gut bei dir?«

Jacky streichelt Matteo sanft übers Gesicht, spürt, dass er zögert, und bewegt ihr Becken sanft weiter gegen ihn. Ihr sinnlicher Blick lässt ihn lächeln und auch er bewegt seinen Hintern wieder in genussvollen Stößen gegen sie.

»Ja, Hilde ... Alles gut! Wieso?«, antwortet Jacky nach einer Verzögerung mit gefasster Stimme, aber süß und erregt grinsend. »Na, hat sich wie ein Schrei von dir angehört, deswegen ...«, insistiert Hilde von der Tür aus. »O ja ... Es ... war eine Spinne ... Ist schon weg.« Und Matteo und Jacky lächeln sich beide an, verstärken ihre Bewegungen und vereinen sich wieder heftiger, noch immer unter dem warmen, rauschenden Regen der Dusche.

»Na dann, eine Spinne also?« Und während sich Hilde in der Tür wieder umdreht, hören die beiden sie beim Rausgehen noch murmeln: »Und die Spinne hat ausgerechnet vor der Dusche ihre Hose verloren, ne?«, wonach mit einem Rumms die Tür zur Garderobe zugeht.

Hildes' Kommentar bringt die beiden zum Schmunzeln und sie geben sich einander nochmals heftig hin. Jacky lässt mit einem breiten Lächeln ihre Hände über seinen Rücken gleiten, ihre Beine fest um seine Hüften geschlungen, nimmt sie seine Stöße, genießt es, unter dem warmen Wasser an seinen heißen Körper gepresst zu sein, wie er sie so schamlos nimmt. Matteo hat seine beiden Arme fest um sie geschlossen, steht stramm in der Dusche und fühlt, wie sich ihr weicher Körper an ihn schmiegt, während seine stattliche, harte Männlichkeit tief in ihrer warmen, nassen Grotte steckt und er sie immer wieder keuchend gegen die benetzten Kacheln hochwuchtet, angetrieben von der Wollust, die ihn gepackt hat, seit sich ihre weiche Sham um sein pralles Glied geschlossen hat.

Das Trinkgeld für Hilde war noch nie so hoch wie an diesem Abend.

## 12

## Oh, Daddy!

Daniel schaltet den Fernseher aus, löscht das Licht im Wohnzimmer und läuft zum Eingang. An der Garderobe greift er eine
Jacke, hängt sie aber nach kurzem Zögern wieder hin. Er würde
nur im Auto sein, er braucht keine Jacke, denkt er und nimmt
die Autoschlüssel. Es ist nach halb zwei, mitten in der Nacht,
aber er hat es seiner Tochter angeboten, sie abzuholen. Das ist
es ihm wert, denn kontrollieren muss und kann er sie nicht
mehr, aber so weiß er, wo und wann seine Tochter unterwegs ist.

Das Lokal etwas außerhalb der Stadt kennt er, also bremst er
knapp hundert Meter vorher ab und parkt den Wagen mit Sicht
auf den Eingang neben der Straße unter den Bäumen. Es sind einige Personen vor der Tür, ausgelassen, aber friedlich, es scheint
normaler Betrieb zu sein für diese Zeit. Er hält Ausschau nach
seiner Tochter, aber findet sie erst nicht.

Da sieht er ein Mädchen sich aus einer kleinen Gruppe lösen und Punkt zwei Uhr vom Eingang weg über den Parkplatz
schlendern. Das ist Vanessa, schießt es ihm durch den Kopf,
wahrscheinlich waren seine Tochter und ihre Freundin zusammen unterwegs. Rasch gibt er vom geparkten Auto aus ein kurzes Lichtsignal und sofort dreht sich das Mädchen in seine Richtung und läuft etwas schneller.

Vanessa kommt zur Fahrertür, wo Daniel die Scheibe run-
terlässt. »Na? War es gut?«, fragt er sie, während sie sich lächelnd und ganz leicht schwankend vor der Tür aufrichtet. »Gu-
ten Abend ... Ja, war ganz okay ...« Ohne wirkliches Interesse,
mehr zu erfahren, fragt Daniel weiter: »Ja, kann ich mir denken. Wo ist Jenny?« Vanessa macht große Augen und antwortet: »Na, Jenny ...? Die ist schon vor einer Weile mit 'nem Typen ... verschwunden. Sie sagte mir vorher noch, dass Sie um

zwei hier sein würden und dass ich mitfahren könne. Aber wo sie jetzt ist?« Daniels' Gesicht wird ernster. »Mit einem Typen? Was für ein Typ ist das?« Jetzt lächelt Vanessa wieder. »Ja, ihr Typ, Greg, also, die sind ja schon eine Weile zusammen ...« Daniel macht große Augen. »Ach? Sind sie das?«

Er hätte gerne gewusst, wie der Typ ist, mit dem seine Tochter irgendwo unterwegs ist, anstelle zur vereinbarten Zeit am vereinbarten Ort zu sein. »Ich rufe sie an ...«, sagt er und greift zu seinem Handy. »Na, hab ich doch auch schon versucht, ist tot ... Kein Akku«, sagt Vanessa und lächelt, als er hochblickt. Tatsächlich, er kann sie auch nicht erreichen. »Aber, ich kann doch trotzdem mit Ihnen fahren? Weil ...«, bittet sie mit süßer Stimme und Daniel schaut zwar etwas grimmig, antwortet aber: »Ja klar, komm, steig ein, du holst dir sonst noch was, draußen an der frischen Luft ...« Denn es sieht irgendwie auch komisch aus, wie so ein junges Mädchen in einem dermaßen kurzen Röckchen auf ihren hochhackigen Schuhen an seiner Autotür steht und zu ihm spricht.

Vanessa trippelt flugs um die Motorhaube und öffnet die Beifahrertür. »Aha«, grummelt Daniel, denn eigentlich dachte er, seine Tochter würde dann neben ihm sitzen, wenn sie denn jeden Moment kommt, ohne Greg. Mit oder ohne Greg, Hauptsache, sie kommt. Aber Greg würde er nicht auch noch heimfahren.

Sein Blick schweift über den Parkplatz, während Vanessa neben ihm die Blende runterklappt und sich im Spiegel die Haare zurechtzupft. Nach einem kurzen Seitenblick dreht er sein Gesicht wieder weg und denkt, na, wen will die denn heute noch beeindrucken? »Greg ist wirklich ein toller Typ, wissen Sie?«, sagt Vanessa neben ihm, während sie sich im schwachen Innenlicht der Autodecke die Lippen im Spiegel nachbessert. Dann klappt sie die Blende hoch und lächelt wieder zu ihm hinüber. »So? Das ... beruhigt mich«, sagt Daniel.

Vanessa lacht und klopft ihm auf den Oberschenkel, sanft und nur ganz leicht, aber er blickt trotzdem etwas irritiert. »Wirklich, er ... ist sehr galant, aufmerksam, verlässlich, sieht gut aus, sportlich ...«, sagt sie mit immer schwärmerischer Stimme und blickt ihn an. »Also, schon so ein Typ wie Sie, irgendwie ... nur jünger.« Jetzt lachen beide.

»Hey, verstehen Sie mich nicht falsch, ich selbst stehe ja eher auf ... ältere Männer, also auf Männer, nicht auf Jungs.« Während ihr Blick ihn prüfend anschaut, wandert ihre Hand von seinem Oberschenkel hoch und tippt mit den Fingerkuppen an die sich leicht regende Beule in seiner Hose. »Na, hör mal ... Was ... machst du da?«, sagt er und will ihre Hand greifen, aber sie ist erstaunlich schnell dafür, dass er dachte, sie hätte zuvor vielleicht einen Drink zu viel gehabt, und ihre Hand spielt mit seiner, die ihren Arm eigentlich hatte packen wollen.

»Echt ... Daniel ...«, sagt sie ruhig und er muss kurz grinsen, wie frech und verschlagen das junge Miststück ist. Hat echt was drauf, denkt er. »Oh, dann bin ich jetzt Daniel?«, sagt er, doch sie geht nicht darauf ein und fährt fort. »Ja, echt, Daniel, ich kann es irgendwie total nicht verstehen, wie dich deine Frau je verlassen konnte ...« Sie schaut ihn liebevoll an bei diesen Worten, aber auch mit einer prüfenden, provokativen Note. »Du bist ein wundervoller, fürsorglicher Vater ... Das sehe ich ja, holst deine Tochter mitten in der Nacht ab, sorgst für sie! Und du schaust gut aus, du hast ... etwas Männliches, etwas Versautes an dir!« Sie blickt jetzt selbst etwas versaut und möglichst verführerisch, wippt dabei mit einem Knie und lehnt sich so nach vorne zu ihm rüber, dass er ihren Ausschnitt unmöglich übersehen kann, ebenso wenig, dass sie unter der Bluse keinen BH trägt ... »und darauf stehe ich«, flüstert sie, während sie ihm jetzt erneut, aber deutlich fester in den Schritt fasst und sich so herüberbeugt, dass ihr Gesicht nahe genug vor seinem ist, um es knistern zu lassen.

»Vanessa ... Lass gut sein, da sind Leute ...«, sagt er abwehrend und blickt zum Eingang, wo aber kaum mehr Menschen sind, viel weniger Fahrräder als noch zuvor und auch kaum mehr Autos auf dem Parkplatz vor dem Lokal. Vanessa scheint es zu belustigen und ihre Hand ist nicht weniger flink als zuvor, als sie seine Hose einfach öffnet.

Als Daniel versucht, sie beim Arm zu packen und abzuwehren, stöhnt sie ihm ins Gesicht und grinst ihn frech an. Sie dreht ihren Arm etwas, ohne dass ihre Hand sich aus seinem Hosenschlitz bewegt, und fasst seine mittlerweile deutlich härtere Beule an. »Dir gefällt das doch, Daniel, du süßer, alter Lustmolch«, haucht sie ihm aus unmittelbarer Nähe ins Gesicht und in diesem Moment kann er das auch nicht mehr verneinen, sondern stöhnt ihr leise ins Gesicht. Sofort küsst ihn Vanessa mit einem siegesbewussten Lächeln sanft auf die Lippen, während ihre Hand seinen prallen Schwanz aus den Boxershorts pellt.

»Okay«, keucht er und lehnt sich etwas zurück, entspannt seinen Griff und fährt mit seiner Hand ihren Arm hoch, über die Schulter und schaut ihr in die Augen, als seine Finger an ihrem Hinterkopf in ihr Haar gleiten. Ohne dass es weitere Worte benötigt, führt er ihren Kopf hinunter in seinen Schoß. Er blickt dabei aus der Windschutzscheibe in Richtung Eingangstür, einfach um sicher zu sein, dass niemand kommt, während er spürt, wie sich ihr Mund um seine Spitze schließt. »Ooaaah«, stöhnt er und schließt für einen Moment die Augen, packt ihr Haar dabei etwas fester und genießt, wie sich ihre Zunge geschickt um seinen heißen Stab schlingt und um seine pralle Eichel spielt. »Mhmm«, stöhnt Vanessa dabei und drückt ihren Kopf in seinen Schoß, um seinen Penis tiefer in den Mund zu nehmen, bis er gegen ihren Gaumen stößt und sie leicht würgt. Ihre weichen Lippen umschließen seinen harten, dicken Schwanz lustvoll und ihr Speichel lässt ein Schmatzen ertönen, als sie den Kopf anhebt, nur um ihn gleich wieder gegen ihn zu drücken. Sanfte, gleichmäßige Auf-und-ab-Bewegungen lassen ihn schneller atmen und leise befriedigt keuchen.

Daniel zuckt dabei leicht und dann etwas heftiger mit den Pobacken, sodass er sich ihrem Gesicht entgegenbewegt, wenn sie sich hinuntersenkt und sein fetter Schwanz ihren süßen Mund fickt und sie immer wieder würgen muss, wenn er tief in ihre Kehle eindringt und anstößt. Immer wieder zieht sie ihren Kopf so weit hoch, dass das warme Glied schmatzend aus ihrem

Mund flutscht und sie dabei lustvoll stöhnt, nur um ihn sofort wieder zwischen die Lippen zu nehmen.

Sie ist gut, das ist so gut, denkt er und genießt es mit geschlossenen Augen, ohne an etwas anderes denken zu können. Er spürt, wie die Wallungen bei ihm stärker werden, was auch Vanessa bemerkt und ihr Saugen noch verstärkt und süß dazu stöhnt, um ihn noch geiler zu machen. Sie fühlt seine starke Hand im Nacken und wie er sie über ihren Rücken streichen lässt bis zu ihrem Hintern. Vanessa dreht sich so, dass sie ein Knie auf den Beifahrersitz hochbekommt und er seine Hand auf ihren Po legen kann. Das Röckchen braucht er gar nicht hochzuschieben, es ist so kurz, dass seine Finger bereits die Arschritze berühren und er sie genüsslich stöhnend darin hinuntergleiten lässt.

Sanft, aber fordernd fährt er über ihr süßes Arschlöchlein, wo er den Druck noch verstärkt, sodass ihr Stöhnen noch intensiver wird. Daniel atmet schwer und schnell, fühlt, wie ihr kleines Löchlein sich unter seinem Finger etwas entspannt, während sie beim Blasen und Lutschen stockt, als er seinen Finger sanft und nur leicht hineindrängt und sie ihren Hintern hebt und dabei leicht erzittert, während sie sofort wieder heftig ihren Kopf auf und ab bewegt und seinen Schwanz hart lutscht. »Oooaaah ... Aaarrgh«, stöhnt Daniel lauter und ... spritzt ihr eine volle Ladung seines warmen Spermas in den Mund. Ihre Pobacken ziehen sich zusammen und sie erzittert, während sie stöhnt und schluckt. Er kann nicht anders, als erneut zu stöhnen, und zieht den Finger aus ihrem Hintertürchen, während sie sich aus seinem Schoß erhebt, sich mit verklärtem Blick und einem breiten Grinsen die Mundwinkel ableckt und nochmals schluckt. Daniel entspannt sich mit einem erneuten, erleichterten Stöhnen, während Vanessa sich zufrieden auf den Beifahrersitz zurückfallen lässt.

»Oh wow, das ... Das war lecker ... geil ... Sooo geil«, sagt sie leise lächelnd und ebenfalls noch immer schwer atmend. »Ja, das ... war geil«, antwortet er und will sich die Hose schließen, während sein suchender Blick aus dem Auto über den Parkplatz gleitet.

Vanessa beobachtet ihn, mit ihrer Hand zwischen ihren Schenkeln lächelt sie und mustert ihn. Bevor er seine Hose schließen kann, fasst sie erneut hin, richtet sich blitzschnell auf und kniet einen kurzen Augenblick später über seinem Schoß. »Ich wusste es doch, Daddy, dass dich das anmacht...«, sagt sie, als ihre Hand wieder gegen seine gewinnt und er sie fragend anschaut. »Das hat dir gefallen, was ich für dich gemacht habe ... Und jetzt, jetzt machst du auch was für mich ...«, sagt sie mit einer spielerischen, verführerischen Überzeugung und bringt ihre Knie neben seinen Oberschenkeln auf dem Fahrersitz in Position.

Eine ihrer Hände holt den noch immer harten, verschmierten Penis sofort wieder aus der Hose raus und die andere hat sie lässig lasziv auf seine Schulter gelegt, während sie ihm immer noch lächelnd, lustvoll ins Gesicht atmet und ihr Haar spielerisch über seine Stirn und Wange fällt. Sie stöhnt lächelnd und führt sein pralles Glied an ihre warme, feuchte Muschi. »Warte ... Blasen war geil ... Aber ficken? Bist du sicher?«, keucht Daniel ihr schon wieder erregt ins Gesicht. Sie blicken sich sinnlich an und Vanessa nickt, während sie sich auf ihre Unterlippe beißt und seinen Schwanz ganz zwischen ihre sensiblen, feuchten Schamlippen führt. »Ich will dich spüren, Daddy, in mir drin ... Oooh jaaa«, japst sie und legt nun beide Hände auf seine Schultern und bewegt ihr Becken so, dass sein Penis sich langsam tiefer in sie hineinbewegt und sie sich genüsslich auf seinen Schoß niedersetzen kann.

Begleitet von einem erregten, grummelnden Knurren klatschen seine beiden Hände auf ihren Arsch und seine Finger krallen sich in ihren jungen weichen Po, packen fest zu und lassen Vanessa heftig erzittern.

Mit einem raschen Griff öffnet sie ihre Bluse so weit, dass ihre beiden Brüste ganz zum Vorschein kommen und während sie ihr Becken langsam schneller kreisen lässt, wackeln ihre hübschen, runden Brüste vor seinem Gesicht auf und ab. Sein Blick lässt sie auflachen und sich noch schneller bewegen, bis er sich nach vorne neigt und an ihren harten Knospen leckt, daran saugt und stöhnend mit der Zunge ihre erregten Nippel umspielt. »Aaaah ... Ooh jaaa ... mhmm«, stöhnt Vanessa, während sie mit schnellen, intensiven Stößen ihr Becken gegen ihn drängt, den Po zurückzieht und wieder zustößt, ihn auf dem Fahrersitz reitet und fickt, während er ihre Brüste abwechselnd lutscht und leckt.

Vanessa stöhnt lauter und lässt ihren Kopf in den Nacken fallen, spürt, wie ein heißer Schwall kribbelnd durch ihren ganzen Körper strömt und sie hart auf ihm erzittern lässt, sie wirft sich nach vorn und ihre Hand um seinen Nacken drückt seinen Kopf fest an ihre nackten, erregten Titten.

Während sie spürt, dass sie gleich kommen wird, schaut sie über seine Schulter und sieht zwei Gestalten, die sich seitlich von hinten dem Auto nähern. Sie bewegt sich schneller, stöhnt wieder und wieder: »Oh Daddy ... Jaaah ... Fick mich, fick mich, oh Daddy ...«, während sie der einen Person direkt in die Augen schaut, die sich bis auf wenige Meter dem Auto genähert hat und sie ungläubig durch die Scheibe ansieht. Es ist Jenny, ihre Freundin, die Tochter von Daniel.

Vanessa japst und lacht erregt, ihre Lenden brennen, und Daniel stöhnt laut auf, mit dem Gesicht zwischen ihren Brüsten, als er hart und tief in ihre heiße, enge Grotte abspritzt und er sie auf seinem Schoß mit einem heftigen Orgasmus erzittern lässt. »Oh, verdammt ...«, entfährt es sogleich beiden gleichzeitig.

## 13

## Nein!

Schon eine ganze Weile sitzt er mit seinem Drink an der Bar und sieht sie sich an, aus sicherer Distanz, wie sie unwiderstehlich tanzt, allein, und sich den Klängen der Musik hingibt. Sie ist in ihrem Element, und das gefällt ihm. Er hat sie früher am Abend schon mal anzusprechen versucht, als sie an der Bar vorbeiging, aber sie hatte ihn nicht verstanden und nur den Kopf geschüttelt.

Er lächelt, fühlt sich motiviert, stellt sich vor, was er mit ihr anstellen würde. Dann hebt er das Glas, kippt den Rest des Drinks runter und geht beschwingt auf die Tanzfläche. Sofort drängt er sich ins Gemenge, tanzt vor ihr, lächelt sie an, bewegt sich zwischen den anderen Gästen mit ihr, doch sie dreht sich weg ... Er folgt ihr, tanzt weiter, sie muss ihn doch sehen!
Als sie am Rande der Tanzfläche ankommen, hört sie auf zu tanzen, dreht sich zu ihm und schaut ihn an. Auch er verlangsamt seine Bewegungen und versucht ihre Hände zu fassen, setzt zu einem Versuch an, ihr Komplimente zu machen, doch sie schlägt seine Hände rabiat zur Seite und stößt ihn weg. »Lass das! Hörst du? Verschwinde!« Ihre Augen funkeln entschlossen und sie geht an ihm vorbei, in Richtung ihrer Freunde, die das Geschehen gar nicht mitgekriegt haben. Einfach möglichst weit weg von ihm!

Einen Moment steht er da, seine Stimmung sackt rapide ab und er läuft bedröppelt zu seinem Barhocker, legt einen Schein auf die Theke, nimmt seine Jacke und verlässt das Lokal. Nicht sein Abend!